曖昧才是真理

楊照談大江健三郎

楊照 著

日本文學名家十講 08

目次

總序

用文學探究「日本是什麼」

文／楊照

就像吉朋（Edward Gibbon）在羅馬古蹟廢墟間，黃昏時刻聽到附近修道院傳來的晚禱聲，而起心動念要寫《羅馬帝國衰亡史》，我也是在一個清楚記得的時刻，有了寫這樣一套解讀日本現代經典小說作家作品的想法。

時間是二〇一七年的春天，地點是京都清涼寺雨聲淅瀝的庭園裡。不過會坐在庭園廊下百感交集，前面有一段稍微曲折的過程。

那是在我長期主持節目的「台中古典音樂台」邀約下，我帶了一群台中的朋友去京都賞櫻。按照我排的行程，這一天去嵐山和嵯峨野，從天龍寺開始，然後一路到竹林道、大河內山莊、野宮神社、常寂光寺、二尊院，最後走到清涼寺。然而從出門我就心情緊繃，因為天公不作美，下起雨來，氣溫陡降，而且有幾個團員前天晚上逛街走了很多路，明顯腳力不濟。我平常習慣自己在京都遊逛，合理的做法應該是改變行程，例如改去有很多塔頭的妙心寺或東福寺，可以不必一直撐傘走路，密集拜訪多個不同院落，中午還可以在寺裡吃精進料理，舒舒服服坐著看雨、聽雨。但配合我、協助我的領隊林桑告訴我帶團沒有這種隨機調整空間，我們給團員的行程表等於是合約，沒有照行程走就是違約，即使當場所有的團員都同意更改，也無法確保回台灣後不會有人去觀光局投訴，那麼林桑他們旅行社可就吃不完兜著走了。

好吧，只好在天候條件最差的情況下走這一天大部分都在戶外的行程。下午到常寂光寺時，我知道有一、兩位團員其實體力接近極限，只是盡量優雅地保持正常的外表。這不是我心目中應該要提供心靈豐富美好經驗的旅遊，使我心情沮喪。更糟的是再往下走，到了門口才知道二尊院因為有重要法事，這一天臨時不對遊客開放。在當時的情況下，這意味著本來可以稍微躲雨休息的機會被取消了，別無辦法，大家只好拖著又冷又疲累的身子繼續走向清涼寺。

清涼寺不是觀光重點，我們去到時更是完全沒有其他訪客。也許是驚訝於這種天氣還有人來到寺裡拜觀吧？連住持都出來招呼我們。我們脫下了鞋走上木頭階梯，幾乎每個人都留下了溼答答的腳印，因為連鞋子裡的襪子也不可能是乾的。住持趕緊要人找來了好多毛巾，讓我們入寺之前可以先踩踏將腳弄乾。過程中，住持知道我們遠從台灣來，明顯地更意外且感動了。

入寺內在蒲團上坐下來後，住持原本要為我們介紹，但我擔心在沒有暖氣仍然極度陰寒的空間裡，住持說一句領隊還要翻譯一句，不管住持講多久都必須耗費近乎加倍的時間，對大家反而是折磨。我只好很失禮地請領隊跟住持說，由我用中文來對團員介紹即可。住持很寬容地接受了，但接著他就很好奇我這位領隊口中的「せんせい」會對他的寺廟做出什麼樣的「修學說明」。

我對團員簡介清涼寺時，住持就在旁邊，央求領隊將我說的內容大致翻譯給他聽，說老實話，壓力很大啊！我盡量保持一貫的方式，先說文殊菩薩仁慈賜予「清涼石」的故事，解釋「清涼寺」寺名由來，接著提及五台山清涼寺相傳是清朝順治皇帝出家的地方，是金庸小說《鹿鼎記》中的重要場景，再聯繫到《源氏物語》中光源氏的「嵯峨野御堂」就在今天清涼寺之處。然後告訴大家這是一座淨土宗寺院，所以本堂的布置明顯和臨濟禪宗寺院很不一樣，而這座寺廟最難能寶貴的是有著絹絲材質製造、象徵內臟的木雕佛像，相傳是從中國浮海而來的。著名的佛教藝術史學者塚本善隆晚年在此出家。最後我順口說了，寺院只有本堂開放參觀，很遺憾我多次到此造訪，從來不曾看過裡面的庭園。

說完了，讓團員自行拜觀，住持前來向我再三道謝，竟然對於清涼寺了解得如此準確；接著轉而向我再三致歉，我一時不知道他如此懇切道歉的原因，靠領隊居中協助，才弄清楚了，住持的意思是讓我抱持多年的遺憾，他今天一定要予以補償，所以找了人要為我們打開往庭園的內門，並且準備拖鞋，破例讓我們參觀庭園。

於是，我看著原未預期能看到的素雅庭園，知道了如此細密修整的地方從來沒打算要對外客開放，那樣的景致突然透出了一份神祕的精神特質。這美不是為了讓人觀賞的，不是提供人享受的手段，其自身就是目的，寺裡的人多少年來，幾十年甚至幾百年，日復一日毫不懈怠地打掃、修剪、維護，他們服務的不是前來觀賞庭園的人，而是庭園之美自身，以及人和美之間的一種敬謹的關係。那一絲不苟的敬意既是修行，同時又構成了另一種心靈之美。

坐在被微雨水氣籠罩的廊下，心裡有一種不真實感。為什麼我這樣一個台灣人，能在日本受到尊重，取得特權進入凝視、感受著這座庭園？為什麼我真的可以感覺到庭園裡的形與色，動中之靜、靜中之動，直接觸動我，對我說話？我如何走到這一步，成為這個奇特經驗的感受主體？

在那當下，我想起了最早教我認識日語、閱讀日文，卻自己一輩子沒有到過日本的父親。我想起了三十年前在美國遇到的岩崎春子教授，彷彿又看到了她那經常閃現不信任、懷疑的眼神，在我身上掃出複雜的反應。

我在哈佛大學上岩崎老師的高級日文閱讀課，是她遇到的第一個台灣研究生。我跟她的互動既親近又緊張。親近是因她很早就對我另眼看待，課堂上她最早給我們的教材都立即被我看出來處。一段來自村上春樹的《聽風的歌》，另一段來自海明威《在我們的時代》小說集的日文翻譯。她要我們將教材翻譯成英文，我帶點惡作劇意味地將海明威的原文抄了上去。她有點惱怒地在課堂上點名問我，剛發下來的幾段還有我能辨別出處的嗎？不巧，一段是川端康成的掌上小說，另一段是吉行淳之介的極短篇，又被我認出來了。

從此之後岩崎老師當然就認得我了，不時和我在教室走廊或大樓的咖啡廳說說聊聊。她很意外一個從台灣來的學生讀過那麼多日文小說，但另一方面，她又總不免表現出一種不可置信的態度，認為以我一個台灣人的身分，就算讀了，也不可能真正理解這些日本小說。

每次和岩崎老師談話我都會不自主地緊繃著。沒辦法，對於必須在她面前費力地證明自己，就是令我備感壓力。她明知道我來修這門課，是為了不要耗費時間在低年級日語的聽說練習上，我的日語會話能力和我的日文閱讀能力有很大的落差，但她還是不時會嘲笑我的日語，特別喜歡說：「你講的是台灣話而不是日語吧！」因此我會盡量避免在她面前說太多日語，但又堅持用英語與她討論許多日本現代作家與作品。

她不是故意的，但是一個台灣學生在她面前侃侃而談日本文學，往往還是讓她無法接受。愈是感覺到她的這種態度，我就愈是覺得自己不能放鬆、不能輸，這不是我自己的事了，對她來說，我就代表台灣，我必須替台灣爭一口氣，改變她認為台灣人不可能進入幽微深邃日本文學心靈世界的看法。

那一年間，我們談了很多。每次談話都像是變相的考試或競賽。她會刻意提一位知名的作家，我相對提出我讀過的這位作家作品，然後她像是教學般解說這部作品，我卻刻意地鑽找縫隙，非得說出和她不同，卻要能說服她接受的意見。

這麼多年後回想起來，都還是覺得好累，在寒風裡從記憶中引發了汗意。不過我明白了，是那一年的經驗，在日本殖民史的曲折延長線上，我得以培養了這樣接近日本文化的能力。我不想浪費殖民歷史在我父親身上留下，再傳給我的日文能力，更重要的，我拒絕因為台灣人的身分，而被視為在日本文化吸收體會上，必然是次等的、膚淺的。

於是那一刻，我得到了這樣的念頭，要透過小說作家及作品，來探究日本，如此之美，卻又蘊含如此暴烈力量，同時還曾發動侵略戰爭的複雜國度。這不是一個單純的「外國」，而是盤旋在台灣歷史上空超過百年，幽靈般的存在，一直到今天，台灣都還依照看待日本的不同態度而劃分著不同的族群、世代與政治立場。

在清涼寺中，彷彿聽到自己內心的如此召喚：「來吧，來將那一行行的文字，一個個角色，一幕幕情節，一段段靈光閃耀的體認，整理出意義來吧。不見得能得到『日本是什麼』的答案，但至少得以整理出如何叩問『日本如何進入台灣集體意識』的途徑吧。」我知道，毋寧是我相信，我曾經付出的工夫，讓我有這麼一點能力可以承擔這樣的任務。

回到台北之後，我從兩個方向有系統地以行動呼應內在的召喚。一是和麥田出版合作，選書主編了「幡」書系，那是帶著清楚的日本近代文學史概念，針對台灣引介日本文學作品的混亂偏食狀況，特別找出具備有日本近代文學史上的思想、理論代表性的作品，希望讓讀者在閱讀中藉此逐漸鋪畫出日本文學的歷史地圖。

另外，先後在「誠品講堂」和「藝集講堂」連續開設解讀現代日本小說作品的課程。必須誠實地說，我對台灣一般流通的現代日本小說譯本，以及大部分國人所寫的解說，不得不抱持保留態度。最嚴重的問題顯現在：第一，完全不顧作品的時代、社會背景，將小說架空地用自己主觀的心情來閱讀。最誇張的，例如翻譯、解說遠藤周作小說，可以對基督教神學完全無知，也不去查對《聖經》和天主教會固定譯名，而出於自己望文生義臆測。這樣一來，讀者讀到的怎麼可能還是虔信中與信仰掙扎的遠藤周作作品呢？

第二，翻譯者、解說者無法察覺自己的知識或感性敏銳度，和原作者到底有多大的差異。這在川端康成的作品中表現得最明顯，光從字面上去翻譯、閱讀，不能找到方式試圖進入從極度纖細神經中傳遞出來的時序與情懷交錯境界，那就錯失了川端康成文學能帶給我們的最重要感動了。

第三，讀者囿於一些通俗的標籤，產生了想當然耳，而非認真細究的閱讀印象。例如台灣有一陣子突然流行太宰治的「失格」、「無賴」文學；一陣子又轉而流行谷崎潤一郎的「奇情」文學，但對於「無賴」或「奇情」到底是什麼意思沒有認識，對於太宰治與谷崎潤一郎的完整文學風貌也沒有進一步的興趣。如此讀來讀去，都只停留在感受「無賴」或「奇情」而已，無從讓太宰治或谷崎潤一郎的作品豐富讀者自身的人生感知。

在「誠品講堂」與「藝集講堂」的課程中，我有意識地採取了一種思想史的方式來面對這些作家與作品。簡而言之，我將每一本經典小說都看作是這位多思多感的作家，在自己所處的時代中遭遇了問題或困惑，因而提出來的答案。我一方面將這本小說放回他一生前後的處境來比對，另一方面提供當時日本社會、時代脈絡來進一步探詢那原始的問題或困惑。如此我們不只看到、知道了作者寫了什麼、表現了什麼，還可以從他為什麼寫以及如何表現的人生、社會、文學抉擇，受到更深刻的刺激與啟發。

另外我極度看重小說寫作上的原創性，必定要找出一位經典作家獨特的聲音與風格。要綜觀作家大部分的主要作品，整理排列其變化軌跡，才能找出那條貫串的主體關懷，將各部小說視為這主體關懷或終極關懷的某種探測、某種注解。

在解讀中，我還盡量維持作品的中心地位，意思是小心避免喧賓奪主，以堆積許多外圍材料、高深的說法為滿足。解讀必須始終依附於作品存在，作品是第一序、首要的，目的是藉由解讀，讓讀者對更多作品產生好奇，並取得閱讀吸收的信心，從而在小說裡得到更廣遠或更深湛的收穫。

我企圖呈現從日本近代小說成形到當今的變化發展，考慮自己進行思想史式探究可能面臨的障礙，最後選擇了十位生平、創作能夠涵蓋這時期，而且我還有把握自己能進入他們感官、心靈世界的重要作家，組構起相對完整的日本現代小說系列課程。

這十位小說家，依照時代先後分別是：夏目漱石、谷崎潤一郎、芥川龍之介、川端康成、太宰治、三島由紀夫、遠藤周作、大江健三郎、宮本輝和村上春樹。

這套書就是以這組課程授課內容整理而成的，每位作者我有把握能解讀的作品多寡不一，因而成書的篇幅也相應會有頗大的差距。川端康成和村上春樹兩本篇幅最大，其次是三島由紀夫，當然這也清楚反映了我自己文學品味上的偏倚所在。

雖然每本書有一位主題作家，但論及時代與社會背景，乃至作家間互動關係，難免有些內容在各書間必須重複出現，還請通讀全套解讀的讀者包涵。另外因為源自課堂講授，有些延伸的討論或戲說，我還是保留在書裡，乍看下似乎無關主旨，然而在認識日本精神的總目標上，或是對比台灣今天的文學現象，應該還是有其一定的參考價值。

從十五歲因閱讀《山之音》而有了認真學習日文、深入日本文學的動機開始，超過四十年時間浸淫其間，得此十冊套書，藉以作為台灣從殖民到後殖民，甚至是超越殖民而多元建構自身文化的一段歷史見證。

前言
走向漂浮靈魂的黑暗遠方

文／楊照

我知道伊丹十三早於閱讀大江健三郎的小說。在美國留學時，校園裡有「卡本特電影中心」，在城裡有波士頓美術館的地下放映室，這兩地方的排片策展人中顯然有台灣新電影的影迷，幾年內我在那裡幾乎看完了侯孝賢、陳坤厚、楊德昌、萬仁等導演的主要作品。愛屋及烏，很自然地也對他們排出來的其他另類藝術電影有了信任與偏好。

就是在這兩個場地，接連先後看了伊丹十三執導的《葬禮》和《蒲公英》，留下了深刻印象，然後誘發了好奇心，到「燕京圖書館」裡尋找相關資料，一下子找到了許多令我驚訝的日本現代歷史與文化線索。

知道了伊丹十三的父親是伊丹萬作，一位早在戰前就成名的日本導演，曾經被指派去協助拍攝和德國合作的電影。然而作為助導的伊丹萬作和德國導演意見不合、頻頻衝突，最後演變成「一部電影，各自表述」，拍出了兩個版本——德國版和日本版。這部奇特的電影其實是在時代風氣影響下，日本為了學習、模仿德國納粹式宣傳手法而安排的。這部電影的女主角是原節子。

連帶知道了，原節子在戰前崛起，和她的壯碩骨架外型有很大的關係。戰後經由小津安二郎的鏡頭畫面，原節子成了某種日本女性典型，然而剛跨入電影圈，原節子其實是以長得像西方人，尤其帶有德國風味美而受到重視的。還有，原節子和本名山口淑子的李香蘭同年出生，李香蘭同樣以不像日本人得到了銀幕上的獨特地位，她是日本人想像中的中國人形象代表。

類似的模稜、曖昧長相魅力，到了戰後，從不同方向又在伊丹十三身上發生過作用。在五十歲轉任導演之前，伊丹十三是國際名演員，出現在許多電影中。他是日本人，卻長得和西方人刻板印象中的日本人模樣大不相同，完全沒有那種矮小猥瑣的風格。伊丹十三俊美、大氣、開朗，卻又帶著明顯的東方輪廓，不會誤認為不純的混血來歷。劇本中如果有一個要讓西方觀眾立即留下正面第一印象的日本人角色，伊丹十三就是不二人選。甚至因為有伊丹十三，而使得西方電影擴大了對於日本人的想像發展空間，不再必然一出現就長得小鼻子小眼睛、矮個頭卻喜歡托大狂吼。

發現伊丹十三是一九八〇年代後期，那時的台灣正從解嚴後掀動了一波又一波的「認同」爭議，「身分政治」成為最敏感也最激烈的社會動盪因素；而我所處的美國學院環境中，受到「後現代」文化思潮影響，多元身分同樣成為注目焦點，從種族、階級、宗教信仰等舊身分擴張到性別、性傾向、世代等新身分，每一項都存在著內外交煎的摩擦互動。如同滔滔洪流襲來的背景中，我很慶幸自己誤打誤撞進入一條很不一樣，密道般的路徑，探索、思考日本文化中的身分表現。

照道理說，日本是一個種族構成最單純的國家，而且還在政治傳統上建立了「萬世一系」的神話，在社會組織上長期保留嚴格的封建身分劃分，然而我卻發現了：即使是這樣的歷史構成都不可能沒有縫隙缺口，在日本的現代歷史中出現了多重多層次的縫隙缺口。

然後我讀到了大江健三郎的《聽雨樹的女人們》，被他迷宮般的日文眩惑，更對他的存在反思奇想感到佩服。於是開始追讀他的其他作品，讀到《個人的體驗》，還沒讀完前，已經覺得胸口彷彿被某種重物壓迫著，嚴重缺氧喘不過氣來。我原本不確定那種感覺從何而來，一度以為是自己的日文程度不夠，在他的語法語意間找不到路而產生的昏暈，但再繼續讀下去，隱約明白了真正的不適應是源自大江健三郎強調並實踐的「個人式體驗」寫法。

簡而言之，那是一種想盡辦法脫開身分，不依循任何身分規範行事，也就得不到任何身分屏障的思考與體驗，無法以常理描述形容的比赤裸裸更徹底的赤裸裸。裸露出孤伶伶擺盪漂浮靈魂的不堪樣貌。

不敢相信有人會用這種方式寫小說，用這種對自己最為殘忍不恤的方式運用虛構。然而大江健三郎的作品明白放在眼前，不容不承認、不容不接受。

我必須承認，大江健三郎不是我特別喜歡的小說家，看到他明白地在諾貝爾文學獎受獎演說上唐突川端康成時，我毋寧是站在川端康成那一邊的。然而他卻是我認定非讀不可的小說家，至少我自己的態度很明確，即便預見讀他的作品會帶來什麼樣的不快不祥反應，我總是以近乎宿命、無從逃避的心情斷然翻開，用手指一行一行指著那絕不流暢的字句，專注地讀下去。

面對一位有勇氣寫出這種挑戰一切明晰答案，回歸真理曖昧性的作家，我們不能連閱讀與領受的勇氣都沒有。尤其當他挑戰的社會性答案，尤其是身分答案，其實帶有高度的普遍性，是我們共同的生活依據，那我們就更不該迴避他的痛切質疑了。

我已經不記得是什麼時候、什麼情況下得知了大江健三郎和伊丹十三的情誼關係了，不過卻清楚記得二〇〇一年讀到《換取的孩子》原版書時，心中的糾結以及暗自決定。我決心拉著書中提供的思想線索，做好要走到漂浮靈魂黑暗遠方的準備，不懈地追蹤大江健三郎和伊丹十三的終極祕密，追到山窮水盡無路之處，並且將那裡最濛晦迷茫的身分曖昧狀況，盡可以記錄下來，讓更多人知道，引領更多人走這條路進入那個情境中。

而這本《曖昧才是真理》就是那份二十年前決心的遲來成果。

第一章
戰後世代——大江健三郎的背景

小說家的小說家

一九九四年大江健三郎得到諾貝爾文學獎，對日本是一個驚喜消息，就連主要連鎖書店都沒有準備，連夜趕做海報，第二天開門很快就將存書賣光了，好幾天中海報下的貨架空空蕩蕩的，只能等出版社緊急加印。

得知這件事時，我有雙重感受，一來沒有很意外大江健三郎得獎，二來也對日本社會的反應沒有太多的驚訝。這就牽涉到我接觸大江健三郎作品的一些經歷。我是在八〇年代後期讀到大江健三郎的小說，陸續讀了不少，應該是一九九一年吧，在紐約參加活動時，遇到了一位在哥倫比亞大學東亞系教書的朋友，聊起來，他講了自己工作上的困擾。身為系上最資淺、最年輕的助理教授，別無選擇地接受了系上的任務分配，要承擔一門簡介課程“Arts in Asia”。好大的題目，好廣泛的範圍，和他原本當研究生，專精聚焦寫博士論文的方式，完全相反。他被迫瀏覽探索之前從來沒碰觸過的亞洲各國文學，試圖找到適當的內容放進課程中。

我對日本文學比他熟悉多了，所以順口提供了一點建議，特別推薦大江健三郎的作品，因為是最新的當代作家，作品有高度的現實性，有社會關懷的特殊立場，而且有相當不錯的英文翻譯，可以考慮給美國大學生閱讀、討論。

幾天後，我很快接到了他的電話，第一句話就是：「太了不起了，這個Ōe！」他找了《聽雨樹的女人們》英譯本，快速讀完了，大受感動，不只覺得大江健三郎小說寫得真好，而且驚訝為什麼自己過去從沒聽過這位日本作家。

後來幾次和他討論大江健三郎作品，我們的共識是：他的小說有一種特別的魅力，完全不同於其他日本作家，那就是愈是對西方文學有認識與理解的人，愈容易親近大江健三郎所建構的小說世界。他們不需要知道大江健三郎的背景，直接閱讀他小說的西方語言譯本，立即就被他的敘述風格與想像力吸引了。

大江健三郎的名聲不是依循典型日本作家的管道在西方建立起來的，毋寧是靠著一篇一篇英文、法文翻譯小說，在專業文學圈，不是在東方研究領域，得到了高度的肯定評價。相當程度上，可以說他在西方具備有「小說家的小說家」地位，讓創作者或重度的小說讀者，留下了深刻印象。

對反於在他之前，一九六八年獲得諾貝爾文學獎的川端康成，大江健三郎沒有那麼強烈、明確的「日本性」。絕大多數西方讀者不是衝著他作品的日本情調來的，也不需要了解他和日本傳統美學或日本歷史有什麼關係，在他作品中感受到強烈的當代性與普遍存在感。

所以在日本，大江健三郎沒有那麼多讀者，普通日本讀者閱讀他的小說，往往會有強烈的隔閡感，語言像是從法文翻譯過來的，敘事手法帶著些微但不誇張的實驗性，內容則有著強烈批判、對抗世俗價值觀的色彩。

曖昧的日本與我

大江健三郎去領取諾貝爾文學獎時，正式發表的演說故意模仿前輩川端康成有名的標題。川端康成講的是〈美麗的日本與我〉，大江健三郎則講了〈曖昧的日本與我〉。

他帶著一點挑釁意味地要藉此強調：川端康成和日本之間的關係是簡單、固定的，他宣稱自己是日本之美的代表，以他的作品彰顯日本之美。但大江健三郎和日本的關係就沒有那麼單純了，他作為一位日本作家的意義也同樣是複雜模糊的。

請參看《壯美的餘生：楊照談川端康成》，我在那本書中仔細解釋了一九六八年川端康成得獎的來龍去脈。在那個歷史時空中，川端康成是以日本文化代表者的身分得獎的。諾貝爾文學獎評審認定這件事，川端康成自己明白這件事，日本國內及國外閱讀川端康成小說的讀者知道這件事，比川端康成小了三十六歲的大江健三郎一直記得這件事。

所以二十六年後他繼川端康成得到了諾貝爾文學獎，他要強調指出：「我不是川端康成」，不只是他不是另一個、新一代的日本文化代表，甚至如果大家認為日本作家就應該像川端康成那樣，在這種標準下，他也許不能算作日本作家吧！

他表白自己是一個很「不日本」的作家，而且他無法接受別人用那種眼光將日本看作是同質性的國家、同質性的文化，日本不是，日本從來都不是。那個純粹的、美麗的，由川端康成代表的日本文化不是真實的，真正的日本是充滿複雜矛盾，是「曖昧的」。

大家可以在《壯美的餘生》中清楚了解我對川端康成的欣賞與崇敬，但我卻也能理解、同情大江健三郎對川端康成的不滿。最根本的因素：文學的世界如此廣大，沒有任何單一的標準可以用來評斷所有的作家和作品，彼此衝突看不順眼的作家都是我們的文學經典養分，是很常見、甚至必然的事；另外還有同等重要的，大江健三郎的文學觀形成過程，和川端康成如此不同。

需要特別記得的是，大江健三郎始終站在一個對內的態度來描述、分析日本社會、日本文化，他很少、甚至是刻意地避免折射外人的評價。當全世界驚訝於日本經濟起飛，當去到日本的觀光客被日本的傳統之美迷住，當各國評論者以日本為標竿厭棄自己的都市醜陋凌亂、自己的國民野蠻失序時，大江健三郎的態度是：「我們有這麼好嗎？我明明就活得沒有那麼舒服，明明就在承受忍耐這個國家的種種病症！」

他受不了在文學上去創造出民族之美，那對他來說是自我麻醉的神話，讓人看不見日本的黑暗，至少是看不出日本光明與黑暗並存的曖昧現實。

森林中成長

大江健三郎比一八九九年出生的川端康成，或一九〇九年出生的太宰治都小了一個世代。他完全沒有戰前的記憶，大正時期對他來說沒有現實性，而且是一段被推翻了的歷史。也就是說，他知道的日本，是軍國主義時代的氣氛，高度肅殺一元的管制籠罩了每一個領域，沒有自由、更沒有多元的空間。

大江健三郎出生兩年後就爆發了中日全面戰爭，他六歲時，又升級為對抗美國的太平洋戰爭，一直延續到他十歲那年。在他的童年，除了戰爭之外，他知道、記得的是家鄉四國的森林，和戰爭的肅殺形成了強烈對比。

大江健三郎在四國的山間長大。依照大江健三郎的回憶說法，那是一個住民不會輕易離開村莊的封閉環境。一九三五年出生後沒多久，日本就正式進入了全面戰爭動員狀態，於是他們不得不感染了外在世界的巨大變化。其中一項重大變化，是大江健三郎的父親在他九歲那一年過世了。

父親過世時，戰爭還沒結束。有一天晚上母親和祖母兩人討論了好久，到第二天一早，母親帶了一包米出門，過了很久才回到家。回家時給了弟弟玩具，給了妹妹衣服，給他的，則是兩本書，那是他最早接觸文學的開端。

媽媽帶回來的其中一本書，是美國作家馬克·吐溫的《哈克歷險記》，媽媽還特別交代：「賣書給我的人提醒過：馬克·吐溫是一個美國人，我們正在和美國人打仗，要小心一點，所以如果有人問起，你就說馬克·吐溫是一個德國人的筆名。」

另外一本書的作者，可能不是那麼多人認識。賽爾瑪·拉格洛夫（Selma Ottilia Lovisa

Lagerlöf），她是第一位獲得諾貝爾文學獎的瑞典人，也是第一位獲得諾貝爾文學獎的女性作家。她寫過一本童話故事，叫《騎鵝歷險記》，原本是為了教小孩認識瑞典地理而寫的。

故事裡的主角，一個叫尼爾斯的小男孩，有一天突然變小了，可以坐在雁鵝的背上，隨著一群雁鵝去到各個地方，遊遍了瑞典的每一個角落，在不同地方有了不同的遭遇。走完這趟旅程，尼爾斯要回家了，從廚房進到久別的家中。回到那熟悉的環境，尼爾斯有了一股強烈的感覺又變回了原來的樣子。此時爸爸看到了他，尼爾斯就對爸爸說：「我長大了。」

一重意思是說他擺脫了縮小的模樣，變大長回正常的尺寸；另一重意思則是藉由和雁鵝去看到廣大的世界，他回來時已經和之前不一樣了。

這本書讓小時候的大江健三郎留下極為深刻的印象，除了從書中感受到強烈的異國情調外，他一直記得一個人能長大必須要經歷一段冒險奇遇。

他在森林中長大，依照他寫的回憶，家人幫他蓋了一間樹屋，他常常躲到樹屋裡，早早就真切體會、享受了孤獨的滋味。而且孤獨又和閱讀密切地連結起來。他喜歡在樹屋裡讀書，後來養成了習慣，遇到看不懂的書，就帶到樹屋裡去讀，似乎在樹屋的環境中，書會煥發一種特殊的光芒，即使看不懂也能有所感受。

另外在森林裡他走著走著，試圖找到那一棵特定的「自己的樹」。那麼多棵、數都數不清的樹木，怎麼會有哪一棵是「自己的」？那是祖母告訴他的古老傳說，每一個人在森林中都有一棵自己的樹，找到了那棵樹，會在樹下遇到未來的自己。

所以小男孩大江健三郎經常在森林裡繞啊繞，看看會不會在哪棵樹下遇到一個長得和自己有點像的老爺爺。但一邊找一邊心中有深刻的困惑：如果真的遇到了，我要跟未來的自己，那個老爺爺說什麼啊？

多年之後，當他進入中年寫文章記錄這項回憶時，心中盤旋的變成了另外一個念頭：如果在「自己的樹」下遇見了以前的自己，八歲或十三歲的自己，該跟那個過去的自己說什麼呢？

我們不必追究「自己的樹」傳說真假，重點在於跨越時間的自我對話，你想對過去的和未來的自己說什麼或問什麼呢？從這個角度去思考，認真思考，我們一定會對於生命的流盪變化，人在時間中的自處之道，有很不一樣的體會。

把你生回來

一九四五年，在山間封閉的環境中，十歲的大江健三郎經歷了日本戰敗。關鍵在於他真的不知道日本快要完蛋了。軍國主義體制走向了瓦解的不歸路，在他的生活裡經驗的是近似迴光返照的加倍口號激情洗腦。學校裡天天用各種方式灌輸與事實情況徹底相反的消息：戰爭勝利在望！美國快要垮了！堅持下去日本一定可以得到最終的勝利！

十歲的小孩無從有心理準備面對敗戰，而且是無條件投降，而且是立即有了美軍進駐占領。這樣的小孩心靈上所受的衝擊和大人很不一樣。聽到戰敗的消息，大人會哭、會難過、會擔心未來，但不會真的那麼意外、驚訝。他們已經感知那不祥預兆很久了。小孩卻不是。他們還相信、必須相信學校給他們的洗腦內容，大人不會讓他們知道外面每況愈下的現實。

所以在大江健三郎的記憶中，最鮮明也最可怕的印象是突然之間大人的態度有了一百八十度的大轉變，說了前後徹底相反的話。前幾天還在高呼口號要打倒美國，現在卻要小孩擺出笑臉迎接即將到來的美軍。小孩心目中最重要的權威，知識和道德上的權威，老師們竟然以這種方式向他們示範了言行前後相反的虛偽。

十歲的大江健三郎拒絕再去上學。應該上學的時間他逃學在森林裡遊晃。即使在山區長大，有一天他還是在森林裡迷路了，後來出動消防隊才將他找到送回家。因為驚嚇，又淋了雨，到家他就高燒病了，病了很久、病得很嚴重。以至於家人都覺得他可能救不回來了。

而他記得，在最糟的情況下，母親都沒有放棄希望。高燒迷迷糊糊間，他感受到母親抱著他，在他耳邊說：「不要擔心，你不會死，如果你真的死了，我也會把你生回來。我會生一個弟弟，從他出生第一天起，就將你從小的事情都告訴他——你怎麼吃飯、怎麼睡覺、說什麼、想什麼，他長大了就變成你，你就回來了。」

因為母親的這番話，大江健三郎後來經常恍惚地疑惑：我真的是我嗎？還是其實我是弟弟，但變成了和哥哥一模一樣，是被媽媽生回來的？是不是哥哥已經死了，只是他的所有記憶都留在我身上？

這段感人的記憶，和關於祖母說「自己的樹」的故事，都寫在一本叫做《為什麼孩子要上學》（「自分の木」の下で）的散文集中。讀到這本書之前，我已經熟知大江健三郎的幾部重要作品，從《聽雨樹的女人們》、《個人的體驗》到《萬延元年的足球隊》，所以光從中文書名上理所當然預期他要說的應該是：小孩不需要去上學，充滿了大人虛偽表現的學校，對孩子的教育不見得有好處。

但我錯了。大江健三郎用母親「把你生回來」的故事解釋為什麼孩子要上學。因為我們需要有一個地方，讓後來的小孩去傳承過去的經驗與記憶，讓過去的孩子活回來，或說讓他們的經驗與想法在新一代的孩子身上繼續活下去。學校就是這樣的地方，在那裡最重要的不是教小孩知識，而是給他們過去其他孩子的記憶，讓這些記憶不會消失。

兒時的寫作經驗

一九四五年八月之前，大江健三郎衷心相信天皇不是人，是神。那年八月十五日「玉音放送」讓許多日本人，甚至許多台灣人永誌難忘，其中一個理由是他們第一次聽見了天皇的聲音。那在原本的天皇信仰中近乎不可想像，天皇會有一般的人的聲音？結果聽到的，不只是人的聲音，而且是既虛弱又混雜不清的話語，只能由其他人的相傳得知那說的是宣告無條件投降的訊息。

這打擊真的太大了。許多人相信天皇絕對不會錯，天皇也不會失敗，所以不可能將天皇視為會犯錯、會失敗的人，然而在那一刻，神一般存在的天皇竟然化為有氣無力、難聽的人聲，並且宣告戰爭以日本徹底失敗結束了。

那是集體大幻滅，尤其對像大江健三郎這樣一個才十歲的鄉下小孩，他完全沒有機會接觸到除了官方訊息之外的任何提防，也就完全不意地被日本戰敗的消息震駭了。而且同樣沒有準備、無從準備地突然展開了戰後的美軍占領時期。

作為「戰後世代」，大江健三郎的具體經驗是前面十年所衷心相信的，後來被當作徹底的謊言揚棄了，轉而在美國占領的情況下摸索著尋找代替天皇崇拜的新原則、新信念。

小時候的大江健三郎已經在作文上有了傑出的表現，被選為作文比賽的代表，寫了一篇題目為〈科學有什麼用？〉的參賽文章。他依照之前學來的固定寫法，在作文中強調：必須認真學習科學，才能讓日本打贏下一場戰爭。

但看到他交來的作品，老師的反應是嚇壞了。作文比賽的主辦單位是美軍總部，想想如果讓美國人看到日本小孩腦子裡想的是要打贏下一場戰爭，那可就不只絕對不會在比賽中得獎，還會引來很多麻煩吧！

如果他還要參加比賽，就必須重寫一篇。他想了想，換了一個寫法：科學可以幫助我們更深刻地認識這個世界。這個新的版本通過了，交上去了，而且得獎了。在那個貧窮的年代，美軍總部準備了什麼樣的比賽獎勵？他們顯然也沒怎麼當一回事，沒有要特別準備，所以大江健三郎領回了兩個車用的蓄電池作為獎品。

小孩當然不可能知道那是什麼，抱回去了就交給學校。沒多久剛好遇到日本女子排球隊參加世界盃比賽，兩顆蓄電池派上用場了。校長將蓄電池接上收音機和擴音器，於是就能讓全校一起聽日本排球隊比賽轉播，一起參與了敗戰後難得能夠有「日本之光」揚威國際的榮耀。

那一刻大江健三郎特別得意啊，畢竟兩顆蓄電池是他去贏回來的。大家都見識到蓄電池的神效，於是有一個同學，大江健三郎的好朋友，偷偷闖進實驗室裡去玩蓄電池，卻意外地將實驗室燒掉了。校長當然大發雷霆，將惹禍的同學臭罵了一頓，給予重罰。沒想到，第二天那位同學沒有出現在學校，他的屍體卻從學校旁邊的河流裡浮了上來。

沒有人知道發生了什麼事，是自殺還是意外？死者的母親當然很難過，在孩子葬禮上看見了大江健三郎，她抑制不住憤怒，對他大罵：「就為了你那兩顆爛電池！」大江健三郎完全不知該如何應對，但也就從此再也無法忘懷。

無法忘記美軍占領時期帶來的巨大變化，無法忘記自己為了要參加作文比賽寫了配合時局的內容，終至害死了一位要好的同學。從此之後他再也不可能回頭用原來的眼光看待自己以及周遭的世界。

在回憶中大江健三郎特別凸顯這件事，解釋他一生看待寫作的態度。和其他大部分寫作者不一樣，對他來說寫作不是一件值得炫耀的光榮成就，相反地，寫作總是會帶來倒楣的災難，偏偏他又無法讓自己停止寫作。的確，在他的小說作品中，我們總會察覺情節不斷朝向一個隱隱然、惶惶然要發生的悲劇宿命地前進，而且悲劇總是和寫作，尤其是探求真實的寫作行為有著密切的關係。

村上春樹的致敬

大江健三郎屬於「戰後世代」，和川端康成的生命經驗隔著一場漫長的戰爭。如果說川端康成是走向戰爭時代的產物，那麼大江健三郎只能是悲哀敗戰的產物。川端康成看到的，是值得肯定的日本傳統之美，是可以全心擁抱的日本之美；大江健三郎卻必然經驗了日本最狼狽、最悲慘的一面，在其中體會了種種曖昧、矛盾。

大江健三郎對於自己的「戰後世代」身分有高度自覺。他曾經談過比他小十多歲，一九四九年出生的村上春樹，對於那一代文學最重要的意見是：「『安保鬥爭』之後才出現的村上春樹，他們和『戰後世代』沒有關係。」然後補了一句：「如果日本純文學要有新的機會，要能夠繼續延續下去，如何讓村上春樹這一代和『戰後世代』發生關係，可能是最關鍵的因素。」

像是聽到了大江健三郎的召喚，在村上春樹的小說中，隱約閃爍著大江健三郎的身影。建議大家可以先讀《萬延元年的足球隊》，然後立刻接著讀村上春樹的《發條鳥年代記》，那麼你必定會發現兩者之間的奇特呼應。《發條鳥年代記》小說中藏著一九三九年發生在滿洲國的一個事件，對那個事件的重建與追索構成了小說中的一個神祕核心。這種處理歷史的方式，建構幽暗張力的手法，和《萬延元年的足球隊》如此相似。

更明顯的，是村上春樹的《海邊的卡夫卡》，小說中最重要的場景，是四國的山中。分單雙數章進行的敘事中，雙數章的重要事件發生在四國鄉下，一群小孩在戰爭中經歷了彷彿被外星人綁架般的奇幻事件。然後小說接近結尾處，主角田村卡夫卡進入了一座森林，裡面很多描述的句子，直接讓人聯想起大江健三郎對於小時成長環境的回憶。

村上春樹選擇用他自己的方式向大江健三郎致敬，也的確創造了和「戰後世代」之間的一種特殊連結關係。

大江健三郎反映了「戰後世代」對於戰爭的深惡痛絕。對去除軍備，遵守憲法規定的永久和平立場，他極度堅持，同時也就對天皇制抱持高度反對敵意。可以說，他一輩子在思想上和「天皇制」所代表的日本傳統、日本文化對抗奮戰，追求日本真正徹底的改變。

他在大學畢業時就以早熟作家的姿態崛起文壇，得到了芥川獎，然而隨後他取得了對抗體制的異議形象，不斷在小說中挑釁日本社會慣習與世俗觀念，因而也就很難再得到什麼體制內獎賞的肯定了。

一九九四年大江健三郎獲頒諾貝爾文學獎，刺激當時日本政府的反射動作，趕緊決定將最重要的文化大獎頒給他。不過這個獎項的名稱是「天皇文化大獎」，大江健三郎怎麼可能去領這個獎！他回憶：當年在美軍占領期間，所有以「天皇」名義的種種獎章鼓勵都消失了，那是他認定日本民主轉化的關鍵象徵，怎麼多年之後，早被他棄絕的天皇要來頒獎給他？

表達拒絕態度時，大江健三郎還說了一句很有趣的話：「我去領這個獎豈不就像是寅次郎穿起西裝禮服一樣嗎？」寅次郎是《男人真命苦》系列電影中由渥美清飾演的主角，他的形象太清楚了啊！就是一個典型日本庶民，看過電影的人應該都難以想像寅次郎穿起西裝禮服會是什麼模樣，那會是多麼格格不入啊！

深受法國思潮影響

大江健三郎反對「天皇制」而堅持民主，尤其是一種西方美式民主的立場，是在美軍占領時期形成的。大江健三郎長大後離開四國山區的家鄉，去到愛媛縣松山市念高中，在那裡認識了出身電影世家，名導演伊丹萬作的兒子伊丹十三。

在松山市念完高中，大江健三郎的下一步是進入東京大學念法文系。東大法文系人才輩出，出過太宰治。不過到大江健三郎去念法文系時，最重要的是法國文學與法國思想在世界上有了不同的形象與不同的地位。

沙特、卡繆成了國際性的文化明星，存在主義成為法國在哲學、文學上最響亮的招牌。在沙特那裡，文學和哲學密切連結起來，以探索人的存在意義為其核心探索、追求。如果大家有進一步的興趣，可以參考我幾年前出版的書《忠於自己靈魂的人：卡繆與『異鄉人』》。

解釋存在主義時一定要強調的：這是一種勇敢得近乎不合理的哲學。存在主義的根本哲學論理、認知是：所有你可能相信的存在意義都是虛假的，只不過是自我安慰的幻想，提供人逃避慰藉；因而要真實存在，只能接受存在的無意義而活著。

沙特宣告：「存在先於本質」，要勇敢地擺脫一切本質的、正面的描述，活成一個徹底自由的人，在這方面存在主義看起來很正面。但換另一個方向看，在沙特的哲學名著《存在與虛無》中，他從人的意識開始講起，為了要離開康德而導出「存在就是虛無」的結論。如此他打破、挖空了過去生命的可能依據，這是極端負面的論點。

極虛無卻又極勇敢，存在主義打開了戰後法國文學與思想的一條特殊道路。我們可以清楚地看到大江健三郎受到存在主義的強烈影響。要了解他的小說，溯源到傳統的《源氏物語》或「怪談」無濟於事，他自覺地選擇了戰後的歐洲、尤其法國，去尋找小說形式與內容的基底。

甚至連他用來寫小說的文字，都是一種介於日文與法文間的混和風格。所以很奇特的，對一般日本讀者來說，大江健三郎很難讀；然而他的小說翻譯成為外語，用英文或法文來讀卻相對輕鬆。有一種本來是作為諷刺、批判大江健三郎文字扭曲的說法：大江健三郎的小說比較適合先翻譯成法文，再從法文譯成日文之後來讀；但我們必須承認，這說法中含藏事實啊！進行這樣的雙重翻譯，大江健三郎的小說真的會變好讀得多！

懂法文的日本讀者有的共同領悟：找來大江健三郎作品的法譯本，對照之下立即發現一些原本覺得模糊難以掌握的段落，突然都清澈明朗了。因為大江健三郎將他的文學思考與訊息包藏在那樣一種自製、高度風格化的混和文法中。

非正統的日文

膚淺的批評者攻擊他沒有好好學日文，要成為寫作者卻連「正統」的日文都寫不好。但如果考慮大江健三郎根本的價值觀，尤其對日本社會與日本文化的高度批判態度，我們不得不說這樣的文字提供了適切的意義乘載工具。他不可能用谷崎潤一郎或川端康成那種典雅的日文來寫作，也不可能用芥川龍之介或太宰治那樣的現代日文寫作。

他要揭露日本社會的虛偽，而正式、平靜、華美的語言文字正是日本藉以構築虛偽外表的主要手段。寫純正的、漂亮的日本，就等於接受了文字系統中的一些規範與美學標準。

我們可以對比看一下魯迅。魯迅橫空出世，在現代中國白話文學開端時，就寫出了〈狂人日記〉，接著在〈在酒樓上〉、〈祝福〉等小說，以及更具原創性的《朝花夕拾》系列散文詩中，進一步精煉出自己的文字風格。然而相對地，當翻譯外文作品時，魯迅的譯筆卻異常地拙劣。因為他主張「硬譯」，盡量保持原始外國文字中的語法文法，不要太過於進行「中文化」。翻譯出來的文章就應該看起來和一般、正常中文不一樣，才能保留外國語言、文化中的異質成分。

所以其實要寫出那樣的「硬譯」文筆，魯迅必須如何地自我節制、自我扭曲啊！他明明能寫那麼純粹、流利的文言文與白話文，卻靠著高度意志力禁止自己將譯文寫得純粹、流利，而要忠於原著在形式與內容上與中文的高度差異性。

魯迅是熟讀中文舊書長大的，他的白話文有機地從文言文中長出來，完全沒有小腳放大的拙劣模樣。但他卻試著要在雜文裡放進一些不是那麼純粹，不是那麼漂亮的表達方式，那些不純粹不漂亮的文字通常就來自於「硬譯」的體會。他必須顛覆、破壞中國既有的文字美學，才能用那樣的新文字將他對於中國傳統與當代現實的負面意見有效地表達出來。

同樣地，大江健三郎找到了一種類似像「硬譯」產生的拗口日文，用來展現帶著外來眼光的批判態度，檢視日本傳統與日本現實社會。

長子的出生

大江健三郎年輕時寫了〈死者的傲氣〉，將這部小說放入西方存在主義文學系譜中，和其他主流作品相比毫不遜色。

寫〈死者的傲氣〉時，大江健三郎才二十二歲，卻已經能夠掌握存在主義中對於人性的黑暗感受。接著他又發表了〈飼育〉，這部作品贏得了芥川獎，帶來了名氣，也使得大江健三郎展開了職業寫作的生涯。他的書不算暢銷，但在純文學領域大獲好評，之後他結婚成家，到一九六三年遭遇了改變他一生的另外一個事件。

那一年，他的長子出生，卻帶著先天性腦性痲痺病症。醫生的看法：「沒辦法說這個小孩能活多久，很可能幾個星期間就會離開你們。如果他活下來了，也一輩子無法過正常生活。」

這當然是很大的打擊。在痛苦難忍時大江健三郎重讀了自己寫過的小說，發現在裡面找不到任何安慰。他強烈感覺自己的作品有問題，於是想要放棄寫小說、放棄文學。

也就在這時候，一位朋友來問他，願不願意幫忙去參加廣島原爆十八週年的紀念活動，以獨立記者的身分寫一篇報導？顯然帶著逃避的心情，他接受了邀請委託，丟下了不知該如何面對的孩子，去到了廣島。

在廣島，大江健三郎看到了在核爆十八年後仍然清楚殘留的可怕景象。他去拜訪了當地的核爆醫院，那是浩劫發生後極少數還有設施、有人力能夠運作的機構。在那裡他認識了一位十八年都在這家醫院的醫生，從醫生口中聽到：「十八年了，對於核爆的這些病人，得了什麼樣的病？為什麼得這個病？他們會得什麼病，或他們為什麼會得這個病？還有很多事我們完全不瞭解。」

十八年前，人類從來不曾遭遇過這樣的事，真的是突然從天而降的大災厄。病人被送進醫院來，其實醫生也不知道該如何、能如何處置，他們怎麼可能有任何核爆經驗，能夠對核爆有任何概念？

大江好奇地不斷追問十八年前醫生到底做了什麼。他得到的答案帶點無奈：「就算我們什麼都不知道，當你在這個位置上面，作為一個人，你也只能夠盡力地去做。你沒有任何的把握，你沒有任何的知識，你沒有任何的能力，你就是作為一個人，努力地去做。」

那位醫生說：「十八年來我一直這樣努力在做。每一件事情我都不知道它的結果會是什麼，可是我仍然必須要努力去做，因為這是我作為一個人的責任。」

這一番話，在那樣的人生艱難條件下，給予大江健三郎極大的刺激與啟發。他頓覺自己弄錯了在東大所學的。原來以為在東大念法文系，最重要學到的是關於當代法國文學知識，尤其學習了存在主義，可以讓自己成為一位寫作者、文學家。但此刻他想起了系裡一位叫渡邊一夫的老師。

渡邊一夫的專業是研究寫《巨人傳》的拉伯雷（François Rabelais）。他曾和學生分享過，他在法國念書時，告訴他的老師自己想要將拉伯雷作品翻譯成日文，兩位老師都不相信，他們認為拉伯雷幾乎無法翻譯，尤其要翻成和法語、法國文藝復興文化沒有任何交集的日文，太困難了！

但渡邊一夫回到日本，在最艱難的戰爭環境中，一點一點將拉伯雷的書譯了出來。不只如此，他還對與拉伯雷相關的歷史人物都進行了研究，做了介紹。大江健三郎想起渡邊一夫老師解釋過為何如此著迷於拉伯雷的時代，他說：因為拉伯雷所處的，是在西方總算能夠說清楚「什麼是人」的時代。

於是大江健三郎趕回東京，向負責治療兒子的醫生表示：不論如何，要盡量保住小孩，他必須盡作為一個父親的責任。在廣島原爆中，那些人遇到了和自己沒有任何關聯，純粹從天而降的災難，被化約到只剩下最後、最後的條件——那就是作為一個人的責任。那正是對我們如何認知人、「什麼是人」的終極考驗。

期盼光明的烏鴉

確定孩子活下來了，有一天大江健三郎的母親提醒，應該要去替小孩報戶口，那也就必須取名字了。大江健三郎突然想到了一個猶太人關於創建世界的寓言故事。世界是如何出現的？最早的世界裡沒有光，有一隻烏鴉在黑暗中找不到食物，很痛苦，烏鴉就想：為什麼不能有光讓我看見呢？如果有光那就方便多了。烏鴉一直想、一直想、一直想……於是世界就有光了！

大江健三郎對母親脫口而出：「啊，你的孫子就叫大江烏鴉吧！」母親聽了很生氣，轉身上樓不理他了。不過到了報戶口最後期限那天，母親讓步地說：「叫烏鴉就烏鴉吧。」當然，這小孩後來並沒有真的叫「大江烏鴉」，他的名字是「大江光」。

重點是大江健三郎會想起烏鴉，想起那個猶太寓言故事，因為此刻他心中有著一份絕望，從這奇特、簡單的故事中意外地得到了力量。原來即使是一隻烏鴉，如果他的欲念夠強大、夠堅持，都足以帶來照亮整個世界的光。

大江健三郎和妻子必須付出很大的心血代價照顧這樣一個無法正常和人溝通的小孩。大江健三郎將這段經驗，和小孩的關係寫成了一部作品，叫《個人的體驗》，明確地標示了他告別了存在主義階段，進入了呈現「個人」聲音與「個人」體驗的新創作狀態。

大江光出生之後，大江健三郎在日常生活中都必須不斷思考、還需要不斷從思考衍伸到實踐，或從實踐修正思考，一直活在對於「什麼是人」的問題纏捲中。尤其避不開的主題是：如何面對人的殘缺、殘缺的人？殘缺在這個世界上的意義到底是什麼？

大江光的成長很緩慢，一直維持在只有幾個月大的反應模式，每天會不斷哭鬧，讓父母很困擾。偶然地，他們發現有一種特別的情況會讓這個小孩安靜，那就是當環境中出現了鳥叫聲，大江光會專心地去聽，整個人安定下來。

於是大江健三郎去買了一套各種鳥叫聲的錄音，一段鳥叫之後一個女生用很平板、沒有任何感情的口氣介紹這是什麼鳥的叫聲。這真是救星啊，一播放出來，大江光就平靜了，讓父母可以安心喘息或去做別的工作。

大江光六歲時，一家到鄉下度假，早上大江健三郎讓兒子坐在自己的肩膀上去散步，走著走著，聽見了水鳥的叫聲，突然從他頭上傳來了一句話：「這是水鳥。」完全像錄音帶中那個女聲的口氣。他嚇了一大跳，不敢相信是大江光說出來的。等了五分鐘後，終於又有一隻鳥發出叫聲，大江光立即用同樣的口氣說：「這是麻雀。」

大江健三郎興奮地將小孩帶回家，想讓妻子也聽到兒子終於會說話了，可是一回家大江光卻又什麼都不說。一直到第二天早上，麻雀叫了，大江光又說：「這是麻雀。」大江光真的會使用語言了，開啟和父母、和外在世界溝通的一條窄窄、細細的管道。

關鍵在於發現這個小孩對聲音極度敏感。大江光七歲開始到特殊教育班上學，大江健三郎告訴老師可以用播放鳥叫聲來讓兒子安靜的祕訣，打算將鳥叫錄音帶給老師，老師卻不能用這種方法，因為大江光安靜了，其他對鳥聲沒有感受的小孩反而會騷動。於是老師試著給大江光聽別的聲音，發現巴哈的樂曲也可以讓他安靜下來。

大江健三郎趕緊去買了一台鋼琴，又發現了大江光具備絕對音感，可以立即在琴鍵上找到他要的音。他們想讓大江光學彈琴，但大江光的神經缺陷使得他無法同時運用兩隻眼睛，所以看譜時總是無法看得完整。但是不久之後，大江光發展出自己的辦法，他只要聽過，就能夠將巴哈的樂曲用自己的方式寫下來，更進一步能用自己的方式作曲。逐漸地，他在作曲上找到了出路，成為在日本有正式作品出版、演奏的作曲家。

小澤征爾與大江健三郎

差一點叫作「大江烏鴉」的這個孩子，終究還是靠鳥解救了他，給予他生命的光。

因為兒子的特殊經歷，大江健三郎和幾位朋友有了更深的情緣。一位是國際上古典音樂現代樂派的大作曲家武滿徹，他是大江光音樂上的導師，引領大江光走上創作的道路。另外一位是國際上的大指揮家，曾經長期擔任美國波士頓交響樂團總監，後來又在日本打造了傳奇「齋藤管弦樂團」的小澤征爾。小澤征爾在西方樂壇贏得的高超地位，也協助了武滿徹的作品能夠被國際主流樂團看見、演出，提升了武滿徹的名聲與能見度。

小澤征爾和大江健三郎有另一層的關係，他們是同輩人，都出生在戰爭的環境中。小澤征爾的名字充分反映了那個時代的氣氛，「征爾」兩個字翻譯成大白話，不就是「征服你們」、「把你們打下來」？

大家很容易可以找到了兩本有中文譯本的書，一本是大江健三郎和小澤征爾的對話，另一本則是小澤征爾和村上春樹的對話。雖然我很喜歡村上春樹的作品，卻不得不誠實、公平地評判：兩本書不在同一個等級上，前者遠比後者精采得多了。

村上春樹到了小澤征爾面前，突然變成了一個音樂上的後輩、學生，拚命想要提出能讓老師稱讚的好問題。他作了許多功課，熟記小澤征爾的眾多唱片錄音，然後不無炫耀之意地提到某一張唱片某一首曲子，興致勃勃地問：「你還記不記得是如何指揮的？」針對他的問題，大師卻雲淡風輕地回答：「沒有特別怎麼樣吧，那天的情況其實也不太記得了……」

村上春樹化身為一個粉絲、崇拜者，而且還像是一個準備過度的記者。搜羅了所有的資料去進行採訪，結果尷尬地發現自己所知道的竟然比受訪者還多。很多事受訪者不記得了、說不上來了，或者說過太多次沒辦法再說得那麼活靈活現，於是變成小澤征爾問他：「那不然你說說你知道什麼好了。」村上春樹說了，小澤征爾點點頭：「嗯，好像是這樣沒錯……」

村上春樹熱愛音樂，除了小說作品中到處以爵士樂為背景為隱喻外，還寫過令人感動的爵士樂手與爵士樂史素描——兩冊的《爵士群像》。不過在古典音樂的認識與發揮上，他的功力就差多了，絕對沒有資格在小澤征爾面前賣弄，他的自知之明限制了他的對話角色，使得那本書很多地方讓人讀來頗有啼笑皆非之感。

當然，大江健三郎的古典音樂修為不會高於村上春樹，但他和小澤征爾談的主要是時代，是「戰後世代」，是戰爭記憶與國際經驗。設定這樣的主題，兩個人的「共時性」如此強烈，不會有誰高誰低的分野，講出了許多真誠的感觸與反省。

第二章

一個父親的道德困境——讀《個人的體驗》

逃避的父親

一九六四年大江健三郎出版了《個人的體驗》，日文原來的書名是「こじんてきなたいけん」，從文法上看，和中文翻譯有著微妙的差異，大江健三郎所用的，不是所有格形式，因而比較接近是「個人式的體驗」的意思。

他不只是在書中記錄、展現自己個人的體驗，還要確立一種作品的信念，在作品中表達

「個人式的體驗」。他的「個人」有自覺的雙重意義，一重是我們比較習慣理解的，雖然以小說形式，但裡面所寫的生出腦麻痺畸形兒的經驗，很明顯來自作者自身真實的生活。

然而還有一重意義貫串此後大江健三郎大部分的作品，包括《換取的孩子》在內。那就是他要將所有的訊息，在小說中都予以「個人化」，不要用客觀、疏離的方式描述、討論，而是將內容化為貼近個人的體會。要探索戰敗或美軍占領對於日本人的長遠影響，他的方式是藉由虛構拉近經驗的距離，變成和作者、敘事者密切相關的纏捲、難以梳理清楚的困惑，如此更能表現出複雜的曖昧性。

「個人式」而非客觀、疏離的表現方式，對作者是巨大的考驗。明知道讀者會將小說的內容看成是作者的個人經驗與感受，甚至刻意引導讀者這樣閱讀，那它還能在小說中寫出讓自己尷尬或讓自己出糗的情節或想法嗎？當大家都知道作者就是那個生出畸形兒的父親，他還能、還敢記錄這個父親的逃避心情，近乎不負責任地將小孩和相關問題丟給其他家人，尤其是他的妻子，突然遠走廣島？

這不只是對自己進行無情的挖掘、暴露，在大江健三郎的小說哲學中還牽涉到文本閱讀可能產生的效果。在最痛苦的日子裡，他發現無法從自己過去所寫的那些存在主義式的作品中得到慰藉。他甚至進而懷疑有誰能從自己的小說中得到應付生命苦痛折磨的力量。這樣的文學不太對勁吧。

他知道，因而他選擇了用「個人式」表現出的形式，將自己無情地暴露在讀者面前，得到讀者的信任，不是作者想要從讀者那裡得到什麼，而是如此才能透過作品提供讀者慰藉的力量。

《個人的體驗》中只有一層薄薄的虛構遮蓋，寫一個補習班老師生出了罹患「腦疝」先天疾病的長子。小說一開始，太太在醫院中開始陣痛了，岳母陪伴著，丈夫卻不見人影。他在哪裡？在一家書店裡翻看漂亮的非洲大地圖，然後他買下了米其林的非洲汽車旅遊地圖。他懷想著一直以來的一份夢想，那是到非洲去壯遊，從而憂心著小孩誕生後這個夢想要實現恐怕就遙遙無期了。

他還是沒有回醫院，只是每一小時打一通電話給岳母關心一下情況。那個時代沒有手機，時間到了岳母必須特別到病患共用電話邊等著，他也必須找公用電話來打。為了打電話，他走進了一家電玩店，忍不住去玩拳擊遊戲，測測看自己出拳能有多少斤的力量。結果在那樣龍蛇雜處的環境裡和一群惡少起了衝突，被他們在外面追打受了傷。

然後小說描述了關鍵的事件，他知道了生出的嬰兒腦部畸形。聽到醫生的解釋，他心裡的念頭是小孩最好趕快死掉，不然如果成了植物人，豈不是要養他、照顧他一輩子，那多可怕！後來到了特殊的醫院，去看了新生兒特別門診，那裡的醫生告訴他可以動手術，還有希望可以將小孩救回來。他的反應仍然是：「救活了之後會成為植物人嗎？他可以正常生活嗎？」面對他的這種態度，醫生不得不既鄭重其事又有點不耐煩地說：「總不能這樣把孩子殺了吧！」孩子身體的其他部位都是健康的，所以醫生決定要動手術。

大江健三郎寫出的「個人的體驗」，竟然是揭露了一般最不會願意被人家知道，完全不符合社會預期的難堪一面。用第一人稱敘事，又刻意連結小說內容和自己的個人遭遇，明明知道讀者會將小說中「我」所說、所描述的，當成作者的告白，怎麼還能、還敢這樣寫？

人的「曖昧性」

小說中的這位新生兒父親從岳父那裡得來了一瓶「約翰走路」威士忌，他之前曾有酗酒的問題，好不容易戒酒了，現在他想找個地方讓自己好好破戒喝一番。而他的選擇竟然是去找前女友，放著同樣剛受到巨大打擊的妻子不管，到前女友家中去。

過程中，小說的敘述帶著一份惶惶然的預感，總覺得會有什麼可怕的、糟糕的事要發生，一連串停不下來的災難。這樣的內容已經很令人讀來不舒服了，何況還用「個人式的」性質表達！如果那是大江健三郎的「個人體驗」，那麼被他寫進去的家人，尤其是他的妻子，必然也都被人想當然耳對號入座，無法辯解說：「那不是我，只是小說。」

錢鍾書的小說《圍城》用的是第三人稱，寫主角方鴻漸的三個女友和他的太太。現實世界裡錢鍾書的妻子楊絳特別寫了一篇文章，提到即使錢鍾書不是用第一人稱，但人家一看有歸國學人在船上，接著回到中國後進大學教書，很自然地就認為方鴻漸等同於錢鍾書。小說裡方鴻漸結婚了，女方很有心機，後來兩人相處中有了磨擦吵起架來。楊絳忍不住跳出來解釋，強調：第一，小說裡沒有一個現實的角色，方鴻漸不是錢鍾書；第二，「錢鍾書從小就被認為說他就是笨，他就是憨，所以他不可能像方鴻漸那樣伶牙俐齒；方鴻漸的刻薄都是他讀來的，都是他聽來的，不是他。」

喔，是嗎？可是在別的地方有明確的自述資料，說錢鍾書字「默存」，因為他從小太愛說話，所以爸爸給他取了這個字，期待他不要再那麼愛說話，能夠變得安靜莊重。錢鍾書怎麼可能不伶牙俐齒呢？

不過我們很能同情楊絳明知不符事實，近乎拙劣的辯解，因為被人家看做是《圍城》中很有心機的孫柔嘉，還真是情何以堪啊！

而從楊絳的反應，我們可以比對看到大江健三郎寫作風格的極端性質。他故意在小說中讓人聯想到作者，以便賦予虛構情節更強烈的震撼力道。他的作品追求的不是要感動讀者，毋寧是要挑釁讀者平常對於人的認知。他將「個人」放進去，寫出「個人式」的情節與體驗，讓小說產生奇特的動能，挑戰讀者認定人在什麼狀態下應該如何反應、如何感受的既有定見。

這份奇特的動能，正是他在諾貝爾文學獎受獎演講裡說的「曖昧」。人的曖昧性被外表的平庸、平淡掩蓋了，收藏在黑暗、不堪的生命內裡處，誰有勇氣、有足夠的好奇心願意認真去挖掘，專心去凝視呢？

在這裡大江健三郎採取了近似盧梭寫《懺悔錄》的態度。書名*Confession*是告白告解的意思，中文習慣翻成「懺悔」，然而仔細看書的內容會知道，其實盧梭並無「懺悔」之意。

他的態度不是「啊，我一生中做過這些可怕的事，我知道錯了，請上帝原諒我」，而是「我敢於將做過的這些可怕的事公諸於世，因為我比任何人都誠實、坦白，我甚至敢到上帝面前問上帝：在祢創造的人之中，可曾有過任何一個比我更誠實的嗎？作為最誠實的人，祢要給我什麼樣的終極判決？」

換句話說，他的態度中帶著一點炫耀，還有一點自鳴得意。《懺悔錄》裡寫的都是事實，卻是一般人認為要嚴密藏起來的不方便的事實，盧梭自認只有他自己，既然做了就願意公開讓別人都知道。

訴說的衝動

大江健三郎比盧梭複雜一點，也狡猾一點。盧梭擺明了《懺悔錄》中寫的都是事實，大江健三郎畢竟採取了小說形式，沒有說那就是真的，但一方面刻意讓讀者聯想將小說中的主角當作他的化身；另一方面又放入了一些很誇張的細節，像是出現了一個開MG跑車的前女友，讓讀者不得不將小說角色和作者間拉開一點距離。

是又不是。如此一來固然讀者不能將小說內容都當作事實，卻很有可能在閱讀過程中將一些大江健三郎實際沒做過的事都算到他頭上了。從這個角度看，至少在寫作上，大江健三郎帶有高度的自虐傾向。

他用寫作來自我揭露、甚至自我詆毀，而且是真誠地詆毀。背後的主要動機是要認真探測：「如果不是有這些外在的、社會的制約，也就是『恥文化』（Shame Culture）的作用，我作為一個人，遇到這樣的情境，會做出什麼、能夠墮落淪落到什麼程度？」

那必須是他自己，而不是任何虛幻的想像人物，才能產生那樣強大的反省作用。於是寫作對他來說，簡直是自虐的懲罰。他在《個人的體驗》中建立了這樣的風格，而且從此之後，這成了他的小說特色，即使得到了諾貝爾文學獎，爬到了日本文壇、甚至世界文壇的最高地位，他都沒有改變，仍然在受獎講詞中自我省視，凸顯「曖昧」，凸顯日本與日本人沒有那麼美好的那些成分以及對亞洲鄰國的罪疚。

在得獎後所寫的《換取的孩子》中他仍然回復這種寫法，將代表他的角色長江古義人寫得很迷惘也很猥瑣，尤其是和他死去的大舅子相比，如此來探入日本在美軍占領時很不堪的一頁歷史。

「個人的體驗」是無法公共化的，只能由個人來承受。但如果真的那麼個人性，只有自己能體驗，那為什麼還要寫出來？別人無法像你一樣去感受，那他們讀了的意義是什麼？

之所以要寫，是因為會有一種弔詭的訴說衝動。正因為發生在你身上的，不是什麼光榮而值得在公共領域炫耀的事，反而有了訴說的迫切需要，以訴說來發洩、以訴說解除惡的魅鎖，以訴說取得救贖。雖然在訴說過程中，仍然維持著個人性，明知別人不可能真正體會，卻還是無法不說。不是因為覺得說了之後，個人式的體驗會感染別人，成為集體性體驗．說或不說不會改變這種個人式體驗的本質。

沒有盡頭的樹穴

一九六三年兒子大江光出生，大江健三郎二十八歲；第二年《個人的體驗》出版，他也還不到三十歲。

然而《個人的體驗》中的敘述口氣卻極為沉重、疲憊、蒼老，他的文字和小說的主題精巧地配合。小說開頭在遊樂場裡，二十七歲的「鳥」去打體能機器，測出來的結果竟然是四十歲的體能。他說話的腔調同樣呈現了未老先衰的情況，引我們好奇不解，然後展開說明。

他描述了嚴重酗酒昏睡七百多小時的恐怖經驗，好不容易才清醒撿回生命，接著就遭遇了腦部畸形孩子誕生的打擊。如果不去細究計算「我」的年紀，我們聽到的毋寧是一種「餘生」的腔調，好像一切活力、一切有意義能刺激強烈情緒的事，都已經過去了，今昔相比，真正的日子被留在過去他方。

而生出腦部畸形的孩子，引發他的反應是：為了照顧這樣的小孩，那豈不是連殘存的餘生都要賠上去了？他沉陷在非洲旅行的夢想時，那種心情一點也不像不到三十歲，對於人生有各種企圖，充滿無限可能性的狀態。盤桓在他腦中的，都是「這不可能」、「那不可能」、「這些那些都變得不可能了」。他在補習班教書這件事更加強了死巷末路之感。

小說帶我們進入他的「個人的體驗」，意味著他最私密的思想深淵裡。那絕對不可以示人的黑暗內在裡，他期望小孩趕快死掉，焦慮等著收到小孩死掉的消息。他想像醫院用一種可以不用讓他知道的方式，例如不給小孩奶水只給他糖水，讓小孩餓死。這種想法不應該，不可能被社會所接受，書中的主角與書外的作者都知道，他因而有一份理所當然的罪惡感。但延伸出去，大江健三郎要凸顯的卻和我們的預期很不一樣，回到《個人的體驗》上，他帶著一點激憤地表示：但「社會」或「大眾」真的有資格評斷我嗎？你們有經歷過這種事嗎？這種是超越一般日常的經驗，你們憑什麼來指指點點教導我應該如何做，甚至如何想、如何感受？

兩個極端並存在他的「個人體驗」中。個人的極端經驗不會有人理解，所以也不會有人能諒解；極端個人，卻又帶有極端的負面社會性。小說裡綽號叫「鳥」的這個人對他的前女友說：「這的確僅限於我個人，完完全全是個人性的體驗。」

在這裡他要特別區分一般的「個人體驗」，和他自己的「個人性的體驗」。他用馬克·吐溫《湯姆歷險記》小說中的情節作為比喻：「小孩進入了黑暗可怕的洞穴，不過暗黑的洞穴雖然難熬，但還是可以返回地面，又能得到內有金幣的袋子。」

所以「即使在個人的體驗中，自己一個人一步一步走向體驗的洞穴，不久或許便會走上一條展望人類普遍真實的捷徑，應該會有這樣的體驗吧！」那是一個水平的洞穴，一直走一直走，應該會走到有光的地方。「在這種情況下，痛苦的個人可以得到痛苦後的果實。」也就是走過黑暗洞穴這一遭，終究還是找到路回來，而且變得比進入洞穴前富有，得到了一份經驗，從經驗中得到教訓或智慧。不管得到了新的理解、洞見還是悲劇性的昇華，那都是共同性的，走過這麼一趟得到了將來可以在社會上用得到的精神資產。

但他自己的「個人性的體驗」卻不是如此。「不過說到我個人體驗的苦差事，那不過是絕望的深覺自己孤立於其他人類世界的個人性樹穴。」水平的洞穴一直走一直走會走到另外一端，穿出來重新看見了光，但如果是垂直的洞穴呢？那就只能一直往更深的地方去，沒有另外一個有光的端點，所以「即便在同樣暗黑的洞窟裡流淌痛苦的汗水，我也無法從個人的體驗裡產生一絲一毫人生的意義。那是荒涼、無恥、可厭的洞穴。我自己的Tom Sawyer，也許在極深的樹穴底下發瘋了。」

小說那麼沉重、悲觀，因為他覺得自己承受這段痛苦不可能帶來任何具備有社會性意義的收穫，一般社會大眾不可能理解他的處境、他的想法，他必須面對自己的未來，覺得餘生都將被這個小孩拖垮了，以至於產生希望嬰兒死掉的強烈情緒，絕對不可能被理解，於是他和社會之間的距離將愈拉愈大。

被建議修改的結局

近乎絕望的刻畫，不斷提醒我們在閱讀時自問：我們究竟能夠接近別人的極端生命體驗到什麼程度？我們所相信的人與人之間共同性到底多少是真正有基礎的？這是纏繞了大江健三郎一輩子的根本問題。

他很不能適應平常大家輕易覺得能夠了解他人，草率地解釋別人的感受，進而漫不經心地評論別人的生命事件。由此引發了他不停、不懈地吶喊：「難道你們不知道有一種東西叫『個人的體驗』嗎？你們不知道這所謂的『共同性』、『同理心』其實不只基礎薄弱，而且能夠適用的範圍很有限？」

在《個人的體驗》中，他刻意安排了「鳥」的前女友火見子，讓火見子最後做出決定：「不能讓這個男人自己去面對這件事！」知道了孩子有可能藉動手術活下來，火見子去將孩子接出來，要送到一位認識的婦產科醫生那裡，協助她保證孩子不會活下來。

坐在她的MG跑車上，她至少說了兩次：「我們殺了這個嬰兒！」「我們」這個主詞很重要，代表她主觀地介入了「鳥」的生活，要和「鳥」一起承擔，讓這件事不再是「個人的體驗」，成了「我們的體驗」。於是小說一轉，原本認定個人性體驗不可能有別人能理解，現在成了一個巨大的問號：有可能從「個人的體驗」變成多加了火見子的「我們的體驗」嗎？

到此小說情節急轉直下，「鳥」意識到自己的改變，覺得不能繼續採取逃避的態度，只想假裝這個孩子不存在、沒有出現，不要干擾他的生活。他決定將孩子送回醫院動手術。

小說出版十七年後，一九八一年，大江健三郎寫了一篇「新版後記」，而新版是特別為紀念大江光十八歲印行的。「後記」中他提到小說出版後受到最多負評與修改建議的是結尾的那一段。甚至連翻譯這本書成為英文出版的Grove Press的編輯都建議他將最後一段刪掉。表示很多人認為那一段畫蛇添足，直接刪去不必改動任何前面部分，就能收到更好的效果。

接近結尾處有這麼一段，說：

> 他帶著孩子，他要把孩子送回到醫院裡，他攔叫的計程車以驚人的速度在被雨淋溼的柏油路上疾馳。如果自己在救出嬰兒之前車禍而死，在這以前的二十七年生活就全都失去意義了，鳥這樣想。一種前所未有的深層恐懼感，牢牢攫住了鳥。

小說應該結束在這裡。他改變了心意，但他來得及將孩子救回來嗎？留下懸疑問號讓讀者自己去想像，不是很好嗎？

大江健三郎在這之後，又寫了一段：

> 秋末，鳥為了出院的事去向腦外科主任致意，然後接下來回來時，鳥的岳父和岳母圍著抱起嬰兒的妻子在兒科特科室前微笑等待。……

然後就在他們準備要帶著嬰兒離開醫院的時候，看到了一群年輕人占滿著迴廊走來。他們必須讓到一邊看這群年輕人通過。年輕人圍住一個裝模作樣吊著手臂的同伴，全然無視「鳥」他們走掉了。那群年輕人全都穿著皺巴巴略帶髒汙的繡龍夾克，在這季節不合時宜，看上去有點寒意。

「鳥」發現這些年輕人正是嬰兒要出生的那個初夏午夜跟他打鬥的那一群。

太巧了吧，小說從「鳥」在遊樂園裡遇到這群年輕人開始，最後結束在醫院裡再度遇到他們。這樣的安排已經刻意得接近造作了，他還要再加兩句解釋性的對話。「鳥」說：「我認識剛才那些傢伙，但不知為什麼，他們似乎完全沒注意到我。」岳父則回應：「你在這幾週完全變了個人，大概是這緣故吧！」

《個人的體驗》新版後記

這確實像是不太會寫小說的人怕讀者看不出小說要傳遞的教訓硬是多加出來的蛇足，確實應該刪掉吧！所以在「新版後記」中他覺得有需要解釋收到那麼多批評與建議卻不為所動的原因：

> 當時依然年輕的我（當時的我並不做如此想，而是將自己視為一位與青春絕緣的作家）之所以堅持、堅定拒絕的根本理由是，從這部小說最初構想階段開始，我便希望能在小說開頭讓不良少年與「鳥」進行對決，小說結尾再讓他們與不適合「鳥」這個孩子

氣綽號的主角錯身而過，使這兩個場景彼此對應、相互參照。如今我也已經來到中年，若以一個經驗還算豐富的寫作者身分，再次回顧這部小說，那麼我會認為，在計程車上，作者應該將判讀未來結局的任務一概交託於讀者。縱或如此，當初寫作這本小說的我之所以需要醫院的段落，實在是身為年輕寫作者的必然性，以及明知將招致批判仍堅持貫徹自己構想的信念。

這段告白很重要，明白點出了長期存在於大江健三郎小說中的矛盾。他一方面具備豐沛的創作動力，連諾貝爾文學獎的「死亡之吻」都消滅不了，連自己公開宣布要停止寫小說都阻擋不了；但另一方面他從很年輕時就帶著一份衰敗的自我認知，二十幾歲就覺得和「青春小說」絕緣，早早就表現出沉重與老成。

他受到戰後法國文學、哲學影響，經常在作品中探討沉重的議題。他很早就開始這樣的探討，使得他的作品中明顯少了浪漫青澀、少了衝動的感性，以至於讓人誤以為他沒有青春。然而認真細讀卻會發現，大江健三郎雖然表面上文字與主題都十分凝重，但骨子裡往往會透露出奇特的天真。而且隨著年歲增長，那份天真變得愈來愈強烈，在他晚期作品中有時變成誇張的孩子氣行為或思想描述。

《個人的體驗》中他的天真就顯現在堅持保留最後那一段上。他知道從小說的閱讀效果上看，拿掉最後一段絕對是比較有道理的。但那樣呈現的就真的是一般人無從接近、無從體驗的巨大悲劇，真的無法通向共同性。加上了那段「蛇足」，儘管只是短短的一段，小說在龐大提問外，取得了「成長小說」的性質。

這也正是為什麼評論家會覺得不對勁：為什麼全書鋪陳的都是無法解決的大問題，到了最後卻給了一個類似通俗劇的結尾呢？通過這本來他認為絕對過不去的考驗，這個人成長了，越過了一個看不見的門檻，近乎脫胎換骨地成為和小說開頭時不一樣的人，以至於那群和他嚴重衝突過的惡少都認不出他了。

沉重老氣的內容，配上了遲來的成長。本來看起來那麼老、那麼衰敗的人，原來是因為他遲遲沒有經歷真正的成長痛？要到二十七歲，痛不讓他逃避地以腦部畸形兒子的考驗降臨在他身上，硬逼著他長大。因為二十七歲才長大，所以在很多地方他也是一個遲緩兒，在一個意義上和那才出生的嬰兒同樣是畸形的。

在小說裡一直困擾我們、壓著我們的那份無解的沉重，到了小說結尾處逆轉過來，原來是源自於主角沒有長大，從長不大、不成熟的眼光中他只能看到絕望，只能老是尋求逃避。

加上「蛇足」而多寫出了一份曖昧，從文學的價值上看不見得是加分，但反映了大江健三郎真正要探求的內容。

讀者的為難

解讀太宰治（見《走在人生的懸崖邊上：楊照談太宰治》）時我曾提過，如果將《人間失格》或邱妙津的《蒙馬特遺書》當作是真實的自殺告白，那麼我們在閱讀時會感受到和閱讀一般小說很不一樣的道德壓力。對於這個人所承受的痛苦、他最後走上生命終結的過程，作為讀者我們看到了、知道了，卻徹底無能為力。這不只是因為我們讀到這些書的時候，太宰治已經死了，邱妙津已經死了，而是內在的那份絕望使我們不得不承認：即使是他們還活著，我們看到了、知道了，恐怕還是同樣無能為力，什麼也無法做、什麼也阻止不了。

大江健三郎從《個人的體驗》之後的作品，都對讀者產生這樣的考驗。他寫了、他記錄了、他表達了，可是那體驗一直堅持其個人性，拒絕被讀者感同身受，拒絕被讀者吸收。讀者永遠不可能取代作者去經歷、體驗這些事。

寫作就是一件倒楣的事，遇到最深切的打擊，那種翻攪自我內在黑暗等級的災難，必須藉由寫作來發洩自我、救贖自我。只有寫作提供了這樣的功能，至於閱讀寫作成果的人，並不能跨越那「個人的」界線，接近作者的體驗。

作為讀者，我們不得不問這樣的作者：「你到底把我們當成什麼了？你到底要我們讀還是不要？」明明寫了給我們看，卻又堅持擺出一副我們永遠不會真正知道的態度，那我們應該就掉頭不看，還是用什麼樣的態度來看呢？

這樣的「個人性」，在《換取的孩子》中有了尖銳的表現；或者應該倒過來說，必須了解大江健三郎對於「個人式的體驗」的看法，我們才能理解《換取的孩子》為什麼而寫。

《換取的孩子》因伊丹十三之死而寫。一個知名大導演、日本社會的公眾人物跳樓自殺了，於是好多人跳出來討論、解釋他為什麼要自殺。從電視到廣播到報紙雜誌，熱鬧紛紛提供了多少看法。小說裡的長江古義人，也就是現實裡的大江健三郎，不得不頹喪地關掉了電視沒辦法再看下去、聽下去。

為什麼這些人能夠說得頭頭是道？為什麼他們覺得自己知道伊丹十三自殺的原因？尤其從大江健三郎的角度看：這些人認識伊丹十三多久？和他是什麼樣的關係？作為他的內弟，又是從高中時就認識他，一直維持著親戚與思想上的雙重連結，大江健三郎都不能理解伊丹十三為何自殺，為什麼這些人如此自信侃侃而談？

兩個人在松山東高等學校相識、結緣，因為都是文藝青年，都有著強烈的文藝創作天分與動機。後來大江健三郎又娶了伊丹十三的妹妹，展開了兩人長遠、深厚的來往互動。而對於伊丹十三的死因，大江健三郎卻無從知道。

在小說裡，藉由長江古義人不斷用「田龜」（大耳機）聽死去的人留下來的錄音，清楚表示了，走向死亡的動機畢竟只能是「個人的體驗」，其他人無論如何，即使聽著他的錄音，都無法代替他去體驗，也無法真正知道。

「個人的體驗」立場

雖然大江健三郎總在小說中將自己寫得有點狼狽、有點可笑，不過《換取的孩子》中的批判意識很明顯，解釋了為什麼他要長期堅持「個人的體驗」立場。他要批判、乃至輕蔑那些老愛對別人的事情指指點點發議論的人：你們講的任何話只能是風涼話，只能是胡說八道。不管同情的、嘲笑的、正義凜然的、充滿崇拜的，或害怕的、痛苦的，各種立場的意見通通都是風涼話。因為沒有人能真正去體驗發生在別人身上的重大事件。

當一個人已經自殺了，為什麼還有人興致勃勃地認定死去的人應該留下解釋，讓我們知道他怎麼死了？為什麼還有人自覺可以代替他來呈現他死亡的來龍去脈？如此要求的人，提出說法的人，你們憑什麼呢？你沒有同樣去死，你沒有參與那絕對不可能參與的「個人的體驗」，就不該無恥地幫死者解釋。

日本社會不了解的，台灣社會同樣不了解、不尊重的，是根本的隱私權，在「個人的體驗」上保留「個人性」的權利，不被任意解釋、任意評論的尊嚴。隱私權的範圍包括了當一個人遭遇重大事故時，主張只有自己了解，別人沒有資格東說西說的權利。大江健三郎看到的，要在《換取的孩子》小說中尖銳批判的，就是社會上將對別人生命事件任意評頭論足當成最大娛樂的習慣。

像是北野武，在伊丹十三死後還自以為有趣地說：「我在威尼斯得獎也從背後推了他一把吧！」意思是認為自己揚名國際，給了原本占據日本重要國際導演地位的伊丹十三感到後浪推前浪的壓力，寧可在過氣之前先自殺。從個人角度看，這樣的態度真是可惡；從社會角度看，認為這樣的說法有娛樂價值而被反覆轉述，真是扭曲、畸形啊！

然而，在生氣批判過程中，有一份巨大的曖昧，我們千萬不要看錯了。不能看成：大江健三郎憤怒地排開眾人，要他們讓開，讓真正有資格的人，最了解伊丹十三的人來說話，來提供更權威的答案。如果他抱持這樣的想法，那麼大江健三郎不會是一位了不起的小說家，頂多只是因為特殊身分而稍更有權威些的「名嘴」而已。

他要在小說中寫的，是「個人的體驗」，也就是即使是他都只能從個人的角度來揣測伊丹十三。即使兩個人年輕時曾經共同參加了一件可怕的事情，但在那事件中，兩個人仍然都保留了「個人的體驗」，無法融而為一。到最後，死去的人仍然維持是一個謎。

他沒有更了解，他只是從自己的不了解中洞視了那些夸夸其談自以為了解的人的荒謬，那是他批判與輕蔑的依據。他在「個人的體驗」中進行探索，並進行記錄，但前提是他知道、他接受，這樣的探索不可能得到最終明確的答案。

愈深刻的體驗，往往愈特別，愈是和其他人有過的不一樣，也就愈是刺激人想要記錄寫下來。但如此寫作必然同時是自虐折磨，因為不是為了討好讀者，要讓讀者讀懂而寫的，所以寫了也只會帶來另一層的隔絕、另一層的災厄。

好了，這個作者已經先假設他寫的都是「個人的體驗」，是別人不會懂的，既然我們看了還是不會懂，為什麼要看？豈不是就應該不要看嗎？事實上確實有很多人就選擇不看了。

但還是會有少數人，感受到作為人的道德責任與衝動。出發去接近別人的經驗，不是為了讓我們變成別人，那是不可能的，不可能讀了《個人的體驗》，我們就變成一個生出腦疝嬰兒的新手爸爸，而是為了在一次又一次的失敗中擴張對自己的認識。

一次又一次探索最大的好處，打破了原有的一些簡單認定，我們明白了要知道沒那麼容易，明白了伊丹十三之所以突然跳下來不會有一、兩句話可以說清楚的理由，進而我們明白了世界上大部分的人用多麼粗糙的方式在看待他人、認識他人，或自以為認識他人。我們看到了這個世界某個荒唐、可笑的事實，因而懂得對那樣的粗糙、荒唐、可笑能夠有些基本的提防、戒備。

第三章

緬懷摯友的自我探尋之旅——讀《換取的孩子》

大江健三郎的「邊緣觀」

一九六七年，大江健三郎出版了長篇小說《萬延元年的足球隊》。小說描述兩位兄弟，根所蜜三郎和根所鷹四流離到都市，後來回到家鄉。哥哥蜜三郎發現在萬延元年（一八六〇年）曾經有過一場叛亂，而且曾祖父還參與其中，進而追索歷史並對自己的現實處境有了新的體認。

不過在小說寫作上，這部作品更重要的是確立了大江健三郎的「邊緣觀」。文學有清楚的中心與邊緣結構分野，而必須具備相當的邊緣性才能在文學中進行思考。暴亂相對於主流的秩序，是邊緣；萬延元年的騷動又發生在邊緣的四國。另外蜜三郎和鷹四又都是去過中心後回到邊緣的人，只有面對極度邊緣的歷史事件，他們才有發言權。

從此之後，大江健三郎對「邊緣性」反覆致意，乃至於擴大希望日本的戰後世代能夠徹底明瞭日本是一個邊緣國家的事實。在他眼中，日本最根本的問題，促使日本犯下致命的戰爭錯誤，就在於忘卻了自身的邊緣性，而意欲躋身中心，甚至誤以為自己是中心。

當年明治時期的「脫亞入歐」策略就是要擺脫邊緣，將日本置放到世界的中心——歐洲，於是使得日本在集體心理上產生了錯亂，視自己高於周遭環境、高於亞洲。日本視自己高於亞洲，結果不只隔絕於亞洲之外成為一個孤獨的國家，進而想要領導亞洲，覺得可以強迫亞洲走日本認定應該要走的道路。

大江健三郎從「邊緣性」反省戰爭經驗，提出了明確的看法，認為日本必須面對戰爭責任，對受害的亞洲國家表現懺悔與贖罪。於是從這個時期開始，大江健三郎刻意地接近亞洲其他國家，尤其是南韓及中國大陸的作家。抱持這種態度，大江健三郎當然相應對日本傳統有很多負面的批判。

在諾貝爾文學獎受獎演說中，他說小時閱讀賽爾瑪·拉格洛夫的書在他心中種下了兩個願望：第一是嚮往北歐，第二嚮往可以藉由鳥給自己一個新的生命。而這兩個願望神奇地都實現了，他來到北歐瑞典領獎，而且透過鳥與鳥叫聲得以打開了兒子大江光對外溝通的管道，給了大江光新的生命，也就等於給了作父親的大江健三郎新的生命。

然而接下來他將話題轉向川端康成。他解讀二十六年前川端康成在斯德哥爾摩發表的演講，重點在於擺出了一副強硬的姿態：「我是日本人，我來告訴你們什麼是日本的美好，至於你們聽得懂聽不懂，老實說，我不在乎。」川端康成引用的那些日本詩人、文人作品，即使是當代一般的日本人也都讀不懂，他們主要是來自日本禪宗的傳統。沿著禪宗的論理，那麼終極意義不在文學作品，而在文學到達不了的地方，那種只能靠著生命本身去開悟到達的境界。

如此解釋完了之後，大江健三郎說：「站在這裡，我不會選擇繼續我的前輩川端康成的主題，我寧可選擇跟七十一年前站在這裡發表演說的愛爾蘭大詩人威廉・巴特勒・葉慈（W. B. Yeats）站在一起。」他的意思其實很清楚了，雖然川端康成是他的同胞，是在他之前領取諾貝爾文學獎的前輩，但他不同意川端康成。既不同意川端康成對日本傳統的看法，也不同意川端康成擺出的姿態。

異於川端康成的曖昧日本

獲得諾貝爾文學獎時，大江健三郎剛寫完了《燃燒的綠樹》，演講中提到另外一位諾貝爾文學獎得主，愛爾蘭詩人葉慈，因為這個書名就來自葉慈的詩句。不過分量更重的意義在於葉慈得獎時愛爾蘭國會頒給的頌詞，裡面說：「這個世界原來對於愛爾蘭的認識將因為你的得獎而有所改變，世界將透過葉慈的人與詩重新考慮他們對於愛爾蘭的印象。」

前後連結之下，大江的意思很明顯：過去人們藉由川端康成認識日本，以為日本就是那樣的傳統之美，但從此之後，世界將透過大江健三郎的小說，重新調整對於日本的印象。真實的日本，大江健三郎所呈現的日本，和川端康成所刻畫的很不一樣，日本當然不是只有那些傳統文人、禪宗哲理，另外日本也不是只有Sony、Honda、Toshiba等品牌。

藉由大江健三郎得獎，世界會看到另一種日本，那就是「曖昧的日本」。能夠代表日本的，不會是坐在寺廟裡終夜看月亮的禪宗和尚，從對天空與月亮的冥思得到各種領悟。日本是一個有著黑暗心靈，經歷了黑暗命運試煉的國度。那是一個不斷自我矛盾、衝突、掙扎的日本，包括了戰爭、發動戰爭的邪惡，也包括了戰後一整個世代的反省檢討。

故意對反川端康成，大江健三郎引用的都是西方的詩人。在葉慈之後，他引用了奧登（W. H. Auden）的詩來探索什麼是小說家、為什麼需要小說家、小說家的身分與責任為何？

一個人必須「suffered dearly all the wrongs of men」，必須真切地經歷了人間的所有錯誤與過失，才能成為一位小說家。因為你有責任要替這個世界準備災禍降臨的時刻來臨。這是身為小說家的意義。

當發生了廣島核爆、當家中生下了一個腦性痲痺的小孩、當人們需要理解無法理解的災難從中取得安慰時，他們可以到哪裡去尋找協助、得到力量？小說家為了提供協助與力量，所以需要經歷所有的錯誤過失折磨，否則就無法寫出具備對這個世界產生慰藉力量的作品。

再下來，他引用了芙蘭納莉．歐康納（Flannery O'Connor）所說的「小說家的習慣」。每一種行業、每一種技藝都會將人帶入一種日常習慣中，給人一種不一樣的內在深層心理結構。因為太習慣了，所以一般不會察覺其存在，但當遭遇非常災厄，尤其是無法解釋的災厄時，習慣凸顯出來，成為你賴以應付災厄的僅有資源。

小說家有其特權、優勢，他每一天不斷在想像世間發生的事，不斷詮釋人與人互動的細節。寫久了，十年、二十年過去了，必然在你心中根植下和一個老師、一個政治人物或一個卡車司機很不一樣的內在心理力量。遇到不預期災厄時，小說家是相對能夠動員最多精神資產來應對的人。

應該是故意對抗川端康成當年引用長串的日本傳統文人、作家名單吧？大江健三郎列出了歐威爾、凱薩琳．雷恩、米蘭．昆德拉、克里斯多夫．尼羅普、巴赫金，都不是日本人。他提到的日本人，除了自己的兒子大江光之外，只有渡邊一夫。

獲得諾貝爾文學獎

在諾貝爾文學獎演說詞中，大江健三郎說：

我是渡邊一夫在人生和文學方面的弟子。從渡邊那裡，我以兩種形式接受了決定性的影響。其一是小說。在渡邊有關拉伯雷的譯著中，我具體學習和體驗了米哈伊爾・巴赫金所提出並理論化了的「荒誕現實主義或大眾笑文化的形象系統」——物質性和肉體性原理的重要程度；宇宙性、社會性、肉體性等諸要素的緊密結合；死亡與再生情結的重合；還有公然推翻上下關係所引起的哄笑。

正是這些形象系統，使我得以植根於我置身的邊緣的日本乃至更為邊緣的土地，同時開拓出一條到達和表現普遍性的道路。不久後，這些系統還把我同韓國的金芝河、中國的莫言等結合在了一起。這種結合的基礎，是亞洲這塊土地上一直存續著的某種暗示——自古以來就似曾相識的感覺。

當然，我所說的亞洲，並不是作為新興經濟勢力受到寵愛的亞洲，而是蘊含著持久的貧困和混沌的富庶的亞洲。在我看來，文學的世界性，首先應該建立在這種具體的聯繫之中。為爭取一位韓國優秀詩人的政治自由，我曾參加過一次絕食鬥爭。現在，我則對中國那些非常優秀的小說家們的命運表示關注。渡邊給予我的另一個影響，是人文主義思想。我把與米蘭．昆德拉所說的「小說的精神」相重複的歐洲精神，作為一個有生氣的整體接受了下來。

他是一位非常認真而艱深的思考者，不只是一位小說家。他有著非常明確的思考原點——那就是日本的戰爭責任，由此衍生出對亞洲的責任，以及他的左翼立場。從戰後經驗出發，他一貫對日本主流意識抱持批判態度，連帶著一份對於亞洲的虧欠罪惡感。

大江健三郎和台灣之間的關係也因而有著特別的曖昧。很長一段時間他和台灣保持距離，在接受台灣記者訪問時委婉地解釋了，那是因為擔心到台灣訪問會使得他失去造訪中國大陸的權利。以戰爭而不是殖民過去為原點，他總覺得對中國大陸有更大的責任與負欠。

得到諾貝爾文學獎之後，他在國際上不論走到哪裡，幾乎都一定要提莫言，高度推崇莫言的小說，莫言後來也得到了諾貝爾文學獎的肯定，和大江的積極推薦，有著很直接、清楚的關係。

大江健三郎領取諾貝爾獎之後，一度宣布不再寫小說了。他想要在生命的最後階段去做在東大法文系時就動念想做卻遲遲沒有進行的事——當一個文學研究者，而不是創作者。生命的這個階段中，大江光已經儼然成為日本社會中受人尊重的作曲家，大江健三郎為了讓兒子能夠一步一步站起來而在小說中進行的個人體驗思考紀錄，因而也可以告一段落了，他認為大江光之後的生命會比他自己的文學更重要。

然而或許是他如此慎重其事說了「小說家的習慣」吧？小說家在面對災厄時有比別人更多的資源可以動用來應對，於是災厄就不放過他，特別衝著有資源的小說家而來？

他後來認真地重拾了小說之筆，寫下新的代表作《換取的孩子》，然後又發展成龐大的三部曲，源自於生命中另一件突如其來無法防備的災厄。

伊丹十三之死

台灣繁體版的《換取的孩子》成於資深翻譯家劉慕沙之手。劉慕沙日治時期受日本教育，後來累積了豐富的翻譯經驗，然而大江健三郎大量運用外來語，甚至套襲法語或英語文法的風格，有些地方超出了她擅長應對的範圍。

像是用上外來語Changeling形成的書名，譯做「換取的孩子」實在有點彆扭。更直接、更平實易懂的中文是「被掉包的孩子」。那是來自歐洲黑森林的典故，但一點也不神祕，很容易理解。幾乎任何養過小孩的父母都了解這種感覺：我的兒子、女兒原本很乖很好帶啊，怎麼突然之間變得那麼皮、那麼叛逆，簡直不敢相信還是同一個小孩！是啊，應該是有一個從森林裡來的魔鬼把我的小孩掉包了吧？

至於刺激大江健三郎寫這本書的事件，就稍微複雜一點了，牽涉到他高中時認識的好朋友，後來成為他的大舅子，他太太的哥哥伊丹十三。伊丹十三長得很帥，而且是看起來不像日本人的那種帥法，有一段時間參與了很多西方電影的拍攝，後來又擔任導演，拍出了在國際受到肯定、注目的高度風格化電影。

日本出過不少國際級大導演，最有名、成就最高的當然是黑澤明。黑澤明一方面很日本，拍出了淋漓盡致呈現武士道精神的《七武士》，但他同時又極度嫻熟西方電影語彙以及西方電影節奏與戲劇性，所以他的《七武士》也就能夠跨越文化界限改編成為以美國西部拓荒為背景的《豪勇七蛟龍》。他還拍了好幾部從莎士比亞劇本改編的名片如《蜘蛛巢城》、《亂》等等。

伊丹十三和黑澤明最不一樣的地方，也是他驚人的成就，是他靠著喜劇、而非悲劇在國際間大放異彩。我們看過很多日本綜藝節目，熟知從志村健到北野武的表現，很明白日本人搞笑的本事，但一般西方社會卻對日本的這一面很陌生。伊丹十三異軍突起，拍了照道理說一點都不好笑、絕對不該笑的題材——《葬禮》，藉著諷刺日本社會總總禮俗的僵化與算計，親族間的詭異互動，呈現了日本式的黑色幽默。

伊丹十三又拍了《蒲公英》，將日本食物，日本人對於食物的誇張重視放到電影的中心位置，穿插了許多情色畫面顯現「食色性也」的日常與荒謬二元性。再下來他連續拍了兩部以稅務員為主角的電影，片名直接、簡單，一部叫《女稅務員》，另一部叫《女稅務員回來了》。

嘲弄過了最討人厭的公務員，伊丹十三將眼光放到了對反面，那些不繳稅、規避各種法令的黑道。在拍攝過程中他就得罪了日本黑道，惹來了麻煩，甚至被追殺而受傷住院。

日本有一種週刊都是以狗仔跟監、偷窺、八卦為主要內容的。就在伊丹十三和黑道糾紛未了之際，週刊《Focus》拍照報導伊丹十三和一位女演員有曖昧關係，雜誌發行兩天之後，伊丹十三跳樓自殺。大江健三郎失去了認識五十年，而且還有姻親關係的好友。

戰後的反省

伊丹十三雖留下遺書，卻疑團重重，引發了日本社會一陣騷動討論，專注在猜測他自殺的動機上。

一種說法是伊丹十三羞憤自殺，覺得太丟臉了，竟然被披露與女演員有染；另一種徹底相反的說法則是伊丹十三是自殺以明志，對週刊雜誌的汙衊進行最悲憤的抗議。

對於大江健三郎來說，災厄再度叩門，而且是雙重的災厄。一重是失去了伊丹十三，還有第二重是要看到、聽到、忍受眾說紛紜談論、批評這位死去的好友、大舅子。「小說家的習慣」回來了。遇到災厄時，拿出小說家的生命資源來應對，也到小說中尋求慰藉。所以他提筆寫了《換取的孩子》。

小說的敘述者是長江古義人，但很容易就看得出來他是作者大江健三郎的化身，而他要回憶探尋的「被掉包的孩子」也很明顯是以現實中剛去世的伊丹十三為原型的。小說的情節以自殺事件開始，作為妹夫的長江古義人聽到電視上種種討論，似乎每個人振振有詞都對死者很熟悉，刻畫了一個他自己不認識的人。

於是引發他疑惑地想要回到過去弄清楚死者究竟是一個什麼樣的人。他記得、他知道在美軍占領時期曾經發生過一件事，徹底改變了死者，使得他如同變成了「被掉包的孩子」，不再是以前那個人了。多年來，長江古義人一直逃避這件事的回憶，甚至努力抗拒，此時卻被迫必須面對。

藉由回憶、訴說那個事件，大江健三郎重訪他一向關心的「戰後世代」主題：戰爭與戰敗如何形塑了他們這一代人？美軍占領時期對於日本社會的集體個性產生了什麼樣的衝擊變化？放進「戰後世代」的集體背景下，像伊丹十三這樣的人過的是什麼樣的生活，又是從什麼角度看自己和看世界？

大江健三郎其實是以寫死去的伊丹十三來進行自我解剖。他的文學有一部分，極重要的部分，一直凍結在當年的戰敗及美軍占領經驗中。他的歷史態度很明白：日本的重生有賴於反省戰爭責任，並以民主徹底改造日本。然而弔詭地，當年在美軍占領的局勢下，日本反而無法完成民主化的過程，美國成了日本走向現代民主，甚至是美國式民主的最大阻礙。

美國占領給日本遺留了「五五體制」，那是自民黨一黨獨大的曖昧民主情勢。藉由《安保條約》美國和日本的保守派合作，刺激了日本左翼理想青年前後發動了兩次「安保鬥爭」，反對《美日安保條約》。但最終左翼擋不住冷戰結構的國際布局，反而眼睜睜看著日本國內右翼復辟的力量愈來愈大。大江健三郎一直都認為：日本沒有在戰後走上對的道路，沒有真正認識集體內在的黑暗，這樣的看法貫串了他的作品，除了小說，還有許多短論。

而認識內在黑暗和誠心向亞洲國家，尤其是中國和韓國道歉悔罪，是密不可分的。大江健三郎走過了日本從戰敗破產到經濟重新富裕的歷程，他對於日本的發展非但沒有自豪，還一直感到憂心忡忡，因為愈是富裕日本社會就愈有可能重蹈覆轍，失去了「邊緣性」的體認，又為了將自己擠進到中心而犯下種種的錯誤。

當然從台灣的角度，我們必然察覺一個奇特的盲點，那是大江健三郎對台灣的忽略與沉默。講到亞洲國家時，台灣在哪裡？或台灣是什麼？這點他始終保持曖昧態度，總還是在顧慮中國看法的框架中小心翼翼和台灣議題保持相當的距離。

吾良與古義人的大祕密

《換取的孩子》小說中有一個暗黑的大祕密，被埋藏了許多年，卻因為搞吾良自殺，而重新在長江古義人心中掀起波浪。吾良死後被那麼多人八卦評論，幾乎認識他一輩子的古義人當然覺得這些說法如此平庸、皮毛，根本沒有觸碰到吾良的生命深刻之處。而吾良生命中最深最深之處，不就是那個兩人共藏的大祕密嗎？

一個巨大的誘惑是以那個祕密來讓世界看到、知道更深刻的、隱藏在世人了解之外的塙吾良，證明其他人說的都不對、都不是。古義人要藉由聆聽吾良留下來的錄音回到那個祕密，重新整理、塑建塙吾良。

不過大江健三郎畢竟是個自虐型、而非自戀型的小說家。自戀型的小說家會將小說中自我的化身，別人讀的時候會和作者對號入座的那個角色，寫得特別好、特別高貴，至少特別突出。大江健三郎相反，他會嚴格近乎嚴酷地在小說中檢視、暴顯那個角色，進行種種自殘自毀。

所以小說寫著寫著，就變成了自我懷疑，甚至自我嘲諷。和吾良共同經歷大祕密的古義人，真的會因此而比其他人更了解吾良？還是他的這種態度和那些上電視自以為了解大說八卦的人，其實也沒有本質上的差異？持續透過「田龜」聆聽錄音，得到的效果不是揭露了吾良，而是揭露出：如果你以為掌握了祕密就可以解釋吾良是什麼樣的人、他為何而死的話，你和那些人同樣淺薄啊！

很特殊、也很難得的，即使已經得了諾貝爾文學獎，大江健三郎不只沒有覺得自己在國際上代表日本，甚至持續感到在自己的國家中是個局外人，持續從外面的角度批判日本社會。

從吾良之死竟然追溯到幾十年前的祕密事件，反映了大江健三郎一貫固執立場：日本並沒有真正從戰爭、從軍國主義中恢復過來，沒有在戰敗經驗中重建一個健全的社會。日本有病，日本的病根還是在對待戰爭記憶上，這是他念茲在茲，絕對忘不了、改變不了的看法。

諾貝爾文學獎向來有「死亡之吻」（kiss of death）的稱號，意思是最高的獎賞卻帶來寫作生命的終結。的確，許多諾貝爾文學獎得主在得獎後就再也沒有重要作品問世了。像莫言在二〇一二年成了中國大陸第一位諾貝爾文學獎得主，之後一直到現在，十多年了，他都沒有再出版任何一部長篇小說，只在二〇二〇年寫了短篇集《晚熟的人》，內容很有趣卻也很無奈，主要顯現了諾貝爾文學獎在他身邊帶來的各種光怪陸離現象，採取小說形式，只是得以描述得更誇張、更接近荒誕，然而其基調根本是紀實性的。

在這一點上，大江健三郎表現得很不一樣。他原本是先做好了受到「死亡之吻」的心理準備，宣告自己不再寫小說了，但沒有多久卻寫出新作《換取的孩子》，然後再接再勵追加了《憂容童子》、《再見，我的書！》，構成了三部曲。接著是書名很長的《優美的安娜貝爾・李　寒徹顫慄早逝去》。

促使他得以跨越「死亡之吻」慣例的，除了前面提到的災厄刺激之外，還有他對於日本社會的持續敵意，甚至是倒過來他認定日本社會對他的敵意，刺激他不懈地堅持批判的力道。他的這種心情在三部曲中可以明白看出：愈到後來作品的小說性質——故事與情節——愈來愈淡薄，相對地批判性聲調愈抬愈高。三部曲之後，到了《優美的安娜貝爾・李　寒徹顫慄早逝去》，書中直接以天皇為對象，展開了嚴厲的批判性思考。

我在小說裡面，你們也是

我們可以對比這兩位重要作家，大江健三郎和村上春樹，他們之間最大差異就在小說中的自傳性。村上春樹的第一部小說《聽風的歌》有和現實裡作者一樣開爵士酒吧的主角，可以看成是自傳性的內容；然而從《尋羊冒險記》、《世界末日與冷酷異境》下來，他的小說都設定在某種慵懶的奇幻時空中，剝除了現實性，也同時剝除了對應讀成作者自身故事的可能。

但大江健三郎卻總是將小說內容刻意扯到作者身上，他要藉由這種手法具體地呈現自己和日本社會的嚴重齟齬，他要寫出一些在最深的層次挑釁、破壞那個社會的內容。他把自己擺放進去，對日本讀者宣告：「這就是我所在的社會，你別想找藉口說那只是小說裡的虛構場景，我在裡面，你們也都在裡面。

「你不要以為塙吾良之死只存在於小說中，和你無關。明明你也參與了八卦伊丹十三，用最庸俗的眼光看待、解釋伊丹十三跳樓自殺的行為。你們也都參與了對於人生終極情境的粗暴簡化嘲弄，不是小說裡的那些人，而是現實裡和我一起活在這個時空裡的你們。」

亨利・詹姆斯（Henry James）說的：「生命中總有連舒伯特都無言以對的時候。」那麼會寫歌曲、能寫那麼多歌曲表達那麼多生命經驗與感受的舒伯特，都不知該如何歌唱，那是逼到了人生的終極之處，終極的衝擊。那也就成了「個人的體驗」，別人無法進入、無法描述的一種獨特境界。然而對大江健三郎來說，這樣的深層、內在體會，必然帶著和社會對抗的性質。閱讀、趨近這種「個人的體驗」不會讓我們變成那個人，不過還是有重要作用的，那是讓我們感染他對於社會的憤怒與對抗。

村上春樹其實也有他對於社會的憤怒與對抗，只是表達的管道與形式不一樣。他的寫作生涯明顯以《地下鐵事件》和《約束的場所》分界，那是他對於奧姆真理教沙林毒氣事件的調查報告。在那之後，他接連寫了《海邊的卡夫卡》、《1Q84》，這幾部作品都出現了壓迫性社會權威的巨大影像，個人必須在那奇幻的環境中找到對抗、乃至打倒壓迫權威的方法，解救自己並解救所愛的人。

他不是一些讀者以為寫小情小愛的小說家。他寫《挪威的森林》之前已經完成了《世界末日與冷酷異境》，但卻有人只知道前者而完全不知道、不讀後者。又因為《挪威的森林》大賣，村上春樹在日本被視為暢銷作家，而遭到嚴肅評論家與學院文學分析的睥睨忽視，讓他很受傷，也很在意。這方面他對日本社會的集體態度也絕不認同。

《世界末日與冷酷異境》中，村上春樹極度費心費力地寫了兩個不同的時空，放進了多少典故、伏筆，象徵、影射當時日本那樣一個失去記憶、失去時間感、要和自己的陰影切割的社會，但日本讀者和評論者都不在意。他受到的矛盾待遇——雖然有名、有成就，但自己用力最深的作品卻不被重視、不被了解——和大江健三郎有相近之處，或許也是他在後來作品會隱性向大江健三郎致意的根本原因吧！

反覆對焦的自我

大江健三郎的小說幾乎每一部都有清楚的自傳性，而他非但不會因為自傳的影射而美化小說中代表自己的角色，甚至總是傾向於將那個角色寫得很不堪。那是他探索「個人的體驗」不得不採取的策略。

「個人的體驗」不能用全知觀點來描繪，甚至不能假設一個和小說主要角色不一樣的隱藏敘述者、敘述聲音。敘述者不等於主要角色，那怎麼能理解他的「個人體驗」？如果角色的「個人體驗」可以轉手由別人、別的聲音來敘述，那就不是「個人體驗」了。

所以小說一定要模糊、混同作者（也就是敘述聲音）和角色之間的差別。還不只如此，要讓內容真是「個人的體驗」，就必須往一般社會、一般道德無法接受、甚至無法想像的內在去挖掘。把自己寫成大眾心目中的好人、萬人迷，那就是世俗性的、群體性的，何來「個人的體驗」？

大江健三郎大部分的作品都圍繞著「個人性的體驗」的可能性。「個人性的體驗」是主觀的，似乎對外界所有其他人封閉的體驗，在那裡是和這個世界、和其他人對立的，但又不是徹底對立，保留了可以描述，可以敲開一個縫隙讓人看到的程度。

他其實沒有真正的答案，也沒有明確徹底的主張，所以會一直繞回來，換不同方向問不同問題：個人是什麼？個人體驗和社會有什麼關係？主觀之外客觀嗎？社會大眾的看法就是客觀？……以自身作為小說虛構的對象，以虛構來呈現面目不確定好像總是在反覆對焦的自我，是大江健三郎小說的基本寫法，也是他小說風格塑造上的重要特色。

《換取的孩子》和《個人的體驗》在一件事上是共通的——巨大悲劇衝擊。跳樓死去的不只是他的大舅子，更重要是和他一同度過戰後關鍵時刻，共同經歷與美軍、美國人關係的人。這個人，現實中的伊丹十三，小說裡的塙吾良就這樣死了，活下來的人必須面對這項巨大損失。和《個人的體驗》中一樣的，奇怪的悲劇、可怕的事情突然降臨，他無法預見、更別無選擇。於是他以這個事件為核心，將自己放進事件中，虛構自我，「鳥」不等於大江健三郎，長江古義人不等於大江健三郎，但我們不會知道真實在哪裡結束、虛構從哪裡開始。

如何思考死亡？

《換取的孩子》開始於一段和死者之間的對話。活人如何和死者對話？靠一整套帶有大耳機的錄音設備，被古義人命名為「田龜」，像是有生命的，負責傳遞來自另一個世界的訊息。

這不是單純留下來的錄音資料，而是塙吾良刻意設計安排的，在他死後，彷如繼續從另外一個時空源源傳送訊息給古義人，讓他生出迷離跨界似幻似真的混同之感。

吾良用這套機器錄下來，很多是對於死亡的思索。透過「田龜」他對古義人說起靈魂，古義人的祖母在四國山裡曾經教他，人死後會從左邊或右邊的山升上去，要投胎時再從樹上下來，吾良故意引用但丁《神曲》來追究到底應該是左邊還是右邊。

容我再引用一次維根斯坦的名言：「死亡不是人類經驗。」這是一個定式，無法被否認的事實。基本上死亡的定義就是人停止了經驗，所以在經驗之外的死亡，當然不在人類經驗範圍內。這句無從辯駁的真理之言，由維根斯坦提出，帶來了很大的震撼，等於是從邏輯角度推翻了人類文明中很大一塊的內容。這塊內容——關於死亡的種種描述、想像與投射，都被剝奪了有效性。死亡無法經驗，任何從人的立場說出關於死亡的解釋與立論，都是假的。人只能擁有人類經驗，死亡不在其中。

我們永遠只能繞著死亡轉，就是不可能切入死亡本身，死亡拒絕成為人類經驗。我們只會繞出關於死亡的自以為是想像與說明。維根斯坦從邏輯實證論的思考，要止息我們對於死亡的無謂騷擾。但對應維根斯坦這句話，卻又讓人更鮮明地感受到死亡題材的高度誘惑性，即使無從反駁維根斯坦的邏輯，我們仍然不可能因此停止思考死亡。

在此之前，我們認為自己當然有權力思索死亡、探問死亡、甚至體會死亡；維根斯坦之後我們失去了邏輯立場，於是平白又添加了一層問題：「為什麼還繼續思索？為什麼放不掉？」

死亡到底是什麼，為什麼讓人總是放不開放不掉？這是《換取的孩子》中一個重要的主題。

吾良對古義人說：好，就算有靈魂，仍然逃不掉維根斯坦的定義，因為靈魂離開人的身體，人死亡就表示靈魂也沒有經歷死亡。死亡的是人，如果真的有靈魂，靈魂離開肉體的那一瞬間叫做死亡。死掉的是身體，不是靈魂，靈魂仍然活著，所以靈魂也沒有體會死亡，沒有任何事情可以讓你體會死亡。你為什麼還要思考死亡或你如何思考死亡？

將靈魂都算進來，也改變不了這個論式。於是問題變成：「人為什麼擺脫不了對於死亡的思考，我們活人究竟該拿死亡怎麼辦？」

《個人的體驗》關於死亡的討論

《個人的體驗》中，火見子的丈夫死了，留下巨大的謎。類似的情節大家更熟悉的，應該是村上春樹的《挪威的森林》，主角渡邊徹的好朋友木月（キズキ）在和他一起打完彈子之後，回家就將車庫的窗封密，把膠管接上Honda N360汽車排氣管，發動引擎自殺了。如此而將渡邊徹和木月的女友直子留在一個不可理解的世界裡。

火見子在丈夫突然死了之後，發展出她對死亡的理論，她對「鳥」說：

「首先我們只有一個現實世界，而且我和你都以完全異質的存在體，被包含在這個現實世界裡，但是還有跟這裡不一樣的其他無數宇宙，我們在過去各種不同時刻都有自己生或死各占一半的記憶。例如我是小孩的時候，因斑疹傷寒差點死去，我清楚記得自己站在走向死亡，或爬上恢復坡道的內在交換點上，現在跟你同時存在的這個宇宙的我選擇了再生的方向，可是在那一剎那，另一個我選擇了死亡。而且在我滿身紅斑疹的幼小屍體四周，微微記起亡故之我的宇宙，應該仍繼續進展，烏，你以為如何？

「每次站在死與生的分歧點上，人都會面對兩個宇宙，一個是他已死去，與他無關的宇宙，一個他繼續維持生存的宇宙，而且像褪下拋棄的衣服一樣，他把自己只以死者身分存在的宇宙棄置於後，走向他繼續生存的宇宙。因此環繞著人，常常會像樹木從主幹岔出枝葉一樣，有種種不同的宇宙蹦跳而出。

「我的丈夫自殺時也有那種宇宙的細胞分裂啊！現在這個我雖留在丈夫已經死了的宇宙，但是丈夫沒有自殺，繼續生存那邊的宇宙，還有另一個我跟他仍一起生活。一個人夭折後拋下的宇宙，以及免於死亡後繼續生存的宇宙，環繞我們的世界，經常以這種形式繁殖，我稱為多元宇宙，就是這個意思。你最好別太為你的孩子的死而悲傷，因為在以嬰兒為主軸所分歧開來的另一個宇宙當中環繞，繼續生存的嬰兒的那個世界已經展開了。」

每一部小說中，大江健三郎都會藉由不同角色提出關於死亡、關於死者的種種理論。這些理論在小說中有其特殊作用，推動小說情節，或將小說的發展帶向不預期的歧路上。

林布蘭的畫作

關於死亡，在《換取的孩子》中特別凸顯一項重點——死者被固定下來。透過「田龜」和吾良溝通時，古義人一再意識到吾良不會再改變了，他被死亡固定下來，才使得這種溝通成為可能。這是什麼意思？

容我繞路先討論現今環境中幾乎已經消失的一門藝術，那就是畫像，portrait或是portraiture。很長的時間中，畫像在西方文化中占據重要的地位。從工匠技藝的角度看，畫像就是將眼前看到的這個人，在那裡盡量靜止不動當模特兒的樣子，用畫筆與顏料描繪在畫布上。然而除了這個層次之外，畫像還有更微妙的，作為藝術的一部分。

畫像作為藝術的現實背景是，第一，那個時代人很難將自己長的樣子保留下來。必須有相當的資源，還要有很多條件配合，才能找到有本事的人花很多時間畫一張畫。基本上將一個活著的模樣留下來的畫像是屬於貴族階級的藝術。大部分的人一生什麼具體形象都沒有留下來，少數人在死後用相對比較容易些的方式留下了death mask，剛剛斷氣時立即用石膏附著在他臉上，記錄下輪廓，然後再翻模重造出一張臉來。更少更稀有的人，才能有活著時候的畫像；但就算是這些人，一生通常也只有一、兩張畫像，最奢侈的，才能在人生不同階段，每隔幾年找人來畫一次。

因而那個時代的畫像藝術，要能畫出一個人的代表性模樣，要追求讓畫像看起來比現實的你看起來更像你，或更是你。現實裡的你隨時有不同表情，受到不同因素影響有各種變化；畫像中的你卻要擺脫了這些偶然的干擾，呈現出那個貫串在不同表情與變化後面，恆定而明確的你。不是當下現在畫面中的你，而是畫出至少代表這個階段，十年、十五年都會讓人憑藉一眼認出你的特質。

我們會在小說、電影裡看到這樣的場景：以前貴族的宮殿、後來富豪的豪宅中，牆上最顯眼之處，掛著一大幅主人的畫像。幹麼這樣安排啊？讓主人每次進門都先看見自己，有這麼自戀的？不是的，畫像是給其他人看的，提醒家人、僕役、訪客主人的模樣，那是你應該記得、應該要能辨認的。

現實裡的真人，那個走過來跟你握手、歡迎你的人，可能和畫像有一些差別，頭髮比較亂、一個鈕釦沒扣好、表情比較輕浮……你不該去注意、更不該去記得那些，他心情好一點、壞一點會不一樣，早餐吃了什麼、吃了多少也會改變，而畫像就是將這些複雜的偶然性排除之後的結果，像是雜質濾乾淨之後的純淨液體。

也可以這樣看：現實裡的那個人是畫像比較差一點的仿製品。從重要性上看，當然是畫像比真人更高。同時如果畫像不能達到這樣的程度，不能發揮這樣的淨化、純化形象作用，那就不是成功的、稱職的畫像。

在西洋美術史上，林布蘭（Rembrandt）特殊的地位部分源自於他改變了什麼樣的人值得成為畫像描繪的對象。因應他生活的荷蘭環境，他畫了許多不屬於王公貴族階層的人，用同樣的精神看待他們，讓他們的代表性面貌令人難忘地留在畫像上，卻發展運用了不一樣的技術。

畫王公貴族時會畫上許多配件，衣服、頭飾、冠冕、家具、幕簾……每一樣東西都有其象徵性質，環繞著中心人物，幫忙襯托、表現出這個人的特質。然而當林布蘭畫「一般人」時，他們生活的配件非但沒有這種類似的作用，往往反而會使得畫面凌亂失序，於是林布蘭去除了原本王公貴族畫像上的架勢與配備，相對地重視並善用不同的光線作用，另外精巧地選擇刻畫表情，如此凸顯人物的特質，在畫面上定義他畫的人。

更進一步，林布蘭還能畫出群體的畫像。用場景加上表情、動作就定性了畫面上一個一個人。收藏在荷蘭皇家博物館的名畫——〈夜巡〉，讓我們看到畫中的每一個人都是自己，自成一類，彰顯出各自的代表性。

攝影與人相畫

當攝影術剛發明時，照人像仍然依循著portrait的邏輯與精神。那個時候照人像不見得比繪畫容易，因為必須用鏡頭經過仔細規畫、設計、尋找、改造，經過諸多程序，才能有畫面一個「真實」的人，意味著表現出這個人的代表特性。

從前畫像很明白地有藝術的中介，一個畫portrait的畫家一定要將眼中見到的那人鼻子拉長一點，原本的光影偏斜幾度，對各種元素進行改動以便取得代表性的形象。到人家家裡畫出他的形象，但那是他任何一天在任何環境裡都不會有的模樣，是他各種狀況下的綜合體，不存在現實裡，只存在畫像裡。

這種關係到了照相中就變得模糊、曖昧了。當時引發的討論是：攝影捕捉了現實的影像，沒有經過藝術的中介改造，這樣的畫面真實嗎？意思是那只是偶然的瞬間，足以代表畫面中的那個人嗎？照相可以做為紀錄，但可以構成畫像嗎？

從這個角度、這個標準看，我們今天覺得很奇怪，那個時代卻視之為理所當然的迫切問題是：照相與畫像哪一個比較真實？環繞著這個大哉問，在當時出現了許多不同的理論。

攝影應該如何運用？攝影的意義何在？我們去到阿姆斯特丹的荷蘭皇家博物館一定要去看林布蘭的〈夜巡〉，如果去巴黎的羅浮宮呢？那答案更清楚了，一定要去看達文西的〈蒙娜麗莎的微笑〉。二十世紀初針對新興的攝影曾經出現這個關鍵的質問：如果你認識畫中的這個蒙娜麗莎，然後去看這幅畫，是不是能認出那就是她的畫像？倒過來，如果你先去看了

〈蒙娜麗莎的微笑〉，在畫像前面仔細觀賞了二十分鐘，轉過身在要離開羅浮宮時，剛好畫中的那位蒙娜麗莎夾在一群人中迎面而來，你會認得出她來嗎？

前面一個問題的答案是絕對肯定的，要不然那就不能被稱為畫像了；但後面一個問題，誠實地思考後回答，答案頂多是「不一定」吧！為什麼會這樣？因為照相裡拍的人多了，所以這個疑惑凸顯出來：我看了一個人之後能夠認出他的照片，為什麼倒過來卻不成立，看了照片我不見得、甚至往往不能在現實裡認出那個人來？

其中一個理由：照片是二維平面的，而且當時的照片還是沒有色彩的，是黑白的。真人比較豐富，又是立體又是彩色的，我們沒有辦法靠比較貧乏、元素比較少的物件去還原比較豐富、元素比較多的影像。也就是照相的最大特色在於減除、刪除了很多「不必要」的元素，只留下essential，必要或本質性的元素。只有必要的、本質性的才留在相片上。

照相是保留本質，所以從真人到相片本質仍在，辨識上沒問題；從相片到真人卻添加了許多隨時變動不一樣的偶然因素，那就很難準確對應了。從這個道理上延伸，而有了一個很有意思的理論。如果相片上呈現的，就是濾去了偶然雜質的本質，那麼重點就不是去拍出和本人很像的照片，而是經過照相之後，人的本質在相片中顯影了，於是人有責任讓自己活得更接近那樣的純粹本質。

人家看了照片卻認不出你，表示你的身上帶著太多偶然雜質，不在照相捕捉的範圍內。你應該想辦法活出相片裡的本質模樣，懂得如何活得像照片中的你，才真正了解了自己是一個什麼樣的人，實現了自己的本質。

這是從portraiture一路發展，受到攝影術發明而進一步刺激的理論。

活得像照片

人要活得像相片一樣？有人可能會覺得很荒謬，但讓我再舉一個例子來說明。指揮家克倫佩勒（Otto Nossan Klemperer）有一次和一位鋼琴家合作拉赫曼尼諾夫第三號鋼琴協奏曲的錄音，遇到鋼琴家狀況很糟，不斷停下來，克倫佩勒愈來愈不耐煩了，唱片公司的人緊張地安撫他的情緒，連錄音工程師都跑來說：「沒關係，沒問題，再一次就好。」

錄了一整天總算收工了，錄音師將錄音帶連夜剪輯好，第二天在錄音現場播放出來，聽著聽著鋼琴家忍不住面露得意，說：「不錯啊！很好啊！」終於克倫佩勒不客氣地指著錄音機對鋼琴家說：「難道你不想像那個彈得一樣好嗎？」

鋼琴家覺得那是他彈的，頻頻自我讚賞，克倫佩勒卻很明白那是透過錄音技術修剪出來的，那不是鋼琴家現實的演奏，毋寧是他應該要演奏出來的理想音樂，最讓他受不了的，是鋼琴家竟然沒有那份自尊心與自我要求，在這樣的理想音樂之前感到慚愧，要發憤讓自己趨近那樣的美好狀態。

在那個時代，這件事曾經被認真看待。畫像或攝影捕捉人的代表性質，呈現人的純粹面貌，反過來，這樣的面貌就給現實中的人一種壓力，逼著他活得像樣，盡量去除變動雜質，盡量那麼純粹。

等到手提相機發明普及之後，基本上portrait的高蹈藝術就消失了。現在一個人一生可能會出現在兩萬張照片和錄像中，但那裡卻沒有任何一張portrait。兩萬張中哪一個才是你？現代人最可憐的地方正是，不斷拍、不斷拍，自拍、他拍、在這裡拍、在那裡拍，結果都沒有一張是夠重要、夠認真拍，也夠真實的portrait。每天都有影像紀錄，但沒有一張代表你的青少年期，沒有一張代表你的大學時期，也沒有一張代表你三十歲年代風華正盛的時期。

人一直在變動，相片跟著一直在變動，進而甚至自己用了各種軟體添加上更多變動，讓畫面變得更不真實、更多雜質。因而經常在換各種社群媒體上放的照片，既然常常換，也表示這張或那張都可以，不會有一張定本。

以前的人不是如此。當他們老去時，會知道自己留下了一個或數個代表性影像，規範了別人要怎麼記得他的長相、模樣，就是那樣，人家不需也不會從個別記憶中去摸索該如何回想他，透過這樣的畫像，得以對於人家心中的印象、記憶有一定的影響、掌握。

而既然別人會記得你在畫像裡的模樣，於是你也會有那份動機，要想辦法活得像畫像、像照片，讓自己和最終人家記得的相符合。

人類的生活會不斷隨著新的技術、新的習慣而改變，請記得不要總是以為新的技術、新的習慣必然帶來增添、豐富，應該常常換從相反方向看看想想，是不是在過程中也製造了什麼樣的損失。

對話與獨白

電子環境使我們失去了寫信這回事。不是因為以打字取代手寫，關鍵在於時間的框架與預期。以前寫信最特別之處在於內在的時間緊張。寫完寄出去得先等信件到達，然後對方讀到，然後對方選擇要不要回信、會如何回信，再花時間將回信寄過來。這中間充滿了時間的空隙、時間的作用。

甚至從寫信的行為開始就逃不開時間的作用。寫完一封信需要時間，從開始寫到寫完很可能心情、想法已經不一樣了，甚至往往因此而放棄了寫到一半的信。寫完了還要花時間去寄送，於是讓人必定不斷想像對方會如何讀信、會如何感受、會如何反應，信還沒真的到達那一頭，這一頭已經有過千百齣曲折內心戲了。

這中間沒有那種你一句我一句的互動，沒有當下知道對方看到，等對方看了回了再想下一句。寫信和見面對話不一樣，創造出異於見面對話，被時間因素介入而改變了的訊息性質，只存在於有時間差，由時間差產生緊張心理張力的關係。

《換取的孩子》中，長江古義人和塙吾良透過「田龜」對話，吾良是不會再變動的死者，死亡將他的生命固定下來了，就如同攝影將人的影像固定下來，消除了所有變動可能性一樣。吾良的生命不會再受到後來的任何偶然因素影響，不會再有其他的雜質混進來了。

雖然小說中故意講得好像從錄音帶中先聽到「砰」的聲音，然後塙吾良才說出最後的幾句話，感覺上好像是跳樓後才結束了錄音，不過無論如何，錄音已經固定存在了，吾良已經說完了他所有能說的話。一方已經固定了，產生完全不同的對話形式，一種不可能存在於兩個都持續變動、充滿雜質的活人間的對話形式。

那是另一種時間延宕的張力製造的對話方式。一方已經將話都說完了，另一方只能聽取這固定的內容。然而長江古義人聽取的過程中，不可能沒有感受與反應，錄音內容引發他的記憶、刺激他的意見，但他卻又知道自己的記憶與意見都不可能再影響對面的塙吾良了。

如果吾良還活著，他要說的話會被古義人的對話內容改變，現在這個可能性徹底消失了，留下來了一份本質的、堅決的、必然的意義陳述。如果是活人之間，古義人回一句話，吾良會因為聽到了這句話而改變接下來要說什麼。

小說中的長江古義人和大江健三郎一樣是個小說家，也是個學者，而且正對於巴赫金（Mikhail Mikhailovich Bakhtin）思想有著高度的研究興趣。而巴赫金思想的核心是「對話理論」。

什麼是對話？在一般日常生活中，在我們的常識裡，認定對話的雙方在過程中不斷變動。然而這樣進行對話，「個人的體驗」就絕對不可能了。對話中要表達「個人的體驗」，必定被對方的反應不斷偏移、不斷分神、乃至於不斷扭曲。所以在活人當中的對話，碰觸不到生命內在的核心，只有獨白才能表現「個人的體驗」。

留在「田龜」裡塙吾良的錄音是獨白，但曖昧地卻又不是講給塙吾良自己聽的，而是在講的過程中已經假定了以長江古義人為陳述的對象，但古義人聽了有任何反應，另一邊的吾良永遠也不會知道了，他的獨白內容不受任何改變的影響。

透過如此弔詭的形式，塙吾良才能揭露內在最深刻、最重要的「個人的體驗」。設定以長江古義人為對象，因為那是他們兩人共同經歷的，但如果是活著的時候談說，必然會隨著古義人的反應而離題、滑走，所以既要有對象，又要是獨白，才能將「個人的體驗」向他人現形。

代表伊丹十三的畫像

這又是一部帶有高度自傳性的作品，真實事件是伊丹十三跳樓自殺，大江健三郎聽到許多人對於伊丹十三死因的種種說法，被當作是社會現實的曝光、「踢爆」，感到強烈不滿。然而他沒有要跳下去和那些夸夸大言的人吵架，儘管真的要吵，以他的身分，以他和伊丹十三的交情，恐怕沒有誰說話可以比他大聲。

他要追求另一種更對得起死去的伊丹十三、也對得起自己、對得起他的小說藝術的作法。那是去呈現他認定的「個人的體驗」中的真實。他的方式是虛構了「田龜」的存在，那是他主觀真實中，伊丹十三應該會留下來的獨白，用獨白來和他討論那件關鍵的事。

以這種手法書寫的小說，成敗取決於：第一，呈現出來關於塙吾良（伊丹十三）是什麼樣的人的主觀事實，是否能說服讀者？第二，所呈現與號稱客觀的看法不一樣的主觀事實，能否使得讀者對於伊丹十三自殺事件，對於日本社會，或對於我們為什麼而活著，得到更深刻的看法、想法？

為什麼要虛構？我們又為何要讀虛構的小說？表面上看，大江健三郎所寫的都是直接發生在他自己身上的事，在這方面，他既倒楣又幸運。不是每個人都會生下一個頭腦畸形的小孩，不是每個人都有一個在聲名頂峰時跳樓自殺的大舅子。這樣的經歷不就夠讓他寫，寫出很聳動、很驚人的內容了？那還需要虛構嗎？他不也就將自己寫進書裡了？將如何認識伊丹十三、如何受到伊丹十三影響、如何看待伊丹十三生與死都如實寫出來嗎？有必要用虛構來加油添醋嗎？

大江健三郎運用虛構的目的在於創造出一種對照於「個人」的「他人」，那是社會性的、客觀的，因而無法進入「個人的體驗」，無法和真正「個人」溝通的那部分。

虛構創造出和死者間的對話，不是為了好玩，不是巧計，而是藉由這種方式淋漓盡致推到極端去展現：人間的偶然性使我們平常以為的對話，其實在雙方不斷變動中不可能真正構通。極端意味著必須在另一方已經被死亡固定下來了，不受任何偶然變動影響，才有可能進行溝通，但那時候，溝通卻又無法改變對方，只能改變參與對話活著的這方。

藉由虛構，大江健三郎要我們真切在意一般的「社會性事實」。也就是八卦雜誌上看起來言之鑿鑿的那些披露、「踢爆」，擺出一副掀開表面讓人看到內裡真實的姿態。但那樣的「事實」，就算是事實，對誰有意義？因為伊丹十三死了，透過這些八卦報導，讀者、觀眾到底認識了什麼樣的伊丹十三？豈不是將這些聳動的瑣碎資訊拿來當作伊丹十三的生命描繪？

這樣對嗎？代表伊丹十三的畫像，應該包括什麼成分、元素？哪些是重要的？哪些不重要？很明顯的，八卦雜誌呈現的「社會性事實」不會是對的答案。

虛構的特權

大江健三郎強調地說：「小說必須要和讀者接受的事實對立，不然小說就不值得存在。」如果只是寫讀者認定的事實，不需要小說，不需要虛構。一位小說作者擁有的最大資產，就是虛構的特權。這個世界上出現、存在許多不像樣的小說作品，緣由於作者對於虛構是特權這件事缺乏自覺。

照實寫就能表現的內容，卻寫成小說，那是「殺雞用牛刀」。牛刀是為了殺牛兒設計的，請你拿著牛刀去屠牛；小說是為了幫助人到達一般事實陳述到達不了的意義的遠方，所以請你不要將切近的經驗或感受塗抹上一層虛構的色彩，就稱之為小說。

寫出來了讀者立即就能接受的，不必動用小說形式。而是你知覺了、探索了某種違背常識，用一般方式說出來讀者無法了解、無法接受的體驗，你才不得已虛構一個適當的情境，將這非常的體驗放進去，以具體化解抽象，以情境展開體驗，讓讀者因而碰觸到本來他不會接受的另一層次的意義或真理。

要有這樣野心的人才應該寫小說。我們評斷小說作者、小說作品重要的標準因而也就是看有沒有「與讀者所接受的事實對立的東西」被創造出來，並讓讀者願意讀下去。

能做到這一點，那是了不起的成就，因為我們讀了這種小說之後，本來生活中接受的事實突然變得不再那麼理所當然了。

第一流的小說家不寫社會上認定的事實，有些像大江健三郎不只有意識地拒絕寫這樣的內容，而且表現出不屑的態度。他們要寫的都不是你以為世界該如此運作，在人間會有的事。站在和讀者接受事實的對立面，他們的小說反覆提醒我們：那些不見得都是「事實」，那些沒有我們以為的那麼重要。

「社會性事實」，一般的事實，裡面必然沒有「個人的體驗」，取消了最深刻、最特別的個人性，才會成為集體接受的事實。沉浸在集體事實中久了，人會忽略、甚至忘記自己的「個人體驗」，我們把自己活成了空洞的別人，身上只剩下和別人都一樣的內容。

很多人對「個人的體驗」沒有感覺，還是活得好好的，不是嗎？但別忘了，你可以和大家一樣過「正常」生活，卻誰也無法保證不會有痛苦災難突然降臨，所有的失落、折磨、迷惘、焦慮、不安，無論針對什麼，都是個別性的。沒有人，即使是最親近、最依賴的人，可以和你一起經歷，那是逃躲不掉的「個人體驗」，於是也就考驗你對「個人的體驗」有過什麼樣的理解與準備了。

「個人式的體驗」和「私小說」

大江健三郎帶有高度自傳性的書寫方式，乍看下很像回到了日本現代早期「私小說」的傳統。「私小說」和自然主義曾經是日本受到西方衝擊進行近代小說試驗開發期間，最重要的兩條主流。「私小說」寫私密不能公開的生活內容，藉由小說的掩護得以自我揭露，這本來是直接衝擊日本社會講究外表禮儀與人情世故價值觀的，然而「私小說」快速發展，沒多久就有了固定的面貌，總是寫年輕成長時曾經做過的惡作劇，動過的壞念頭，遇到女人如何嘗試了倫常以外的情欲發展，以及不正常的性欲發洩。應該是個人最私密的經驗紀錄，卻被寫成了類似的內容，於是使得包括夏目漱石、谷崎潤一郎、芥川龍之介等人在內，都有了對「私小說」的不滿，從他們對於「私小說」的修正、反動而出現了日本現代小說的多元噴發成就。

大江健三郎很清楚自己提出的「個人式的體驗」和「私小說」寫法有很根本的差異。「私小說」也許私密真實，但那是一種充滿雜質、沒有經過提煉的真實。「個人式的體驗」

要找到、要呈示最能夠代表個人的體驗，絕對不能「撿到籃子裡的就是菜」，什麼雜七雜八和別人類似，性質、面貌模糊的東西都放進來，成為小說的內容。

現實裡的大江健三郎和小說裡的「鳥」一樣生下了一個腦部殘缺的小孩，但「鳥」不等於大江健三郎。大江健三郎面對這件事的時候，有很多雜亂、瑣碎、無關無聊的經驗與感受，小說要將這些部分拿掉，代換上精準的，有一塊接一塊黏合起來的結構與順序，展現「鳥」如何以獨特的「個人方式」去面對考驗、尋找自我，最後找到個人的出路。

大江健三郎曾以棒球為比喻，認為小說家不是像海明威追求的那樣，總要和打者直球對決；而是必須有各式各樣準確投變化球的能力，想投到哪裡就能投到那裡，那樣一種既有變化又自信準確的本領。他絕對不願別人將他的作品看成是「私小說」。

《換取的孩子》小說中和死者的對話，有點像是我們面對著藝術品，有時激發出一種彷彿不是單面欣賞而是雙向對話的感受。像里爾克的名詩〈阿波羅的古典軀體〉中描寫的，面對一座沒有頭的雕像，沒有五官、沒有眼睛，光是那軀體，竟然彷彿發著光，發著像明亮眼睛般的光芒，從內往外投射。沒有眼睛的軀體，卻依然能看。觀者在這尊阿波羅之前，無法大刺刺地維持觀者主體身分，覺得自己握有決定怎麼看、看什麼的權力。無法解釋地，我們知覺那軀體在回望我們，或說，正要垂下眼光回望我們。

我們本來就知道並預期藝術品是固定的，然而留在「田龜」裡的那位死者卻原本是活著、活過，也就原本會不斷變化的。和死者對話因而進入了一個和藝術品對話不會有的曖昧狀態，那就是對於變化的想像。不管你認知投射了多少感情與意義在藝術品上，你知道藝術品不會因此改變，不可能去想像藝術品因為你而如何改變；但對於死者，古義人一邊聽著「田龜」，即使再怎麼明白錄音說話的人已經不在也不會回來了，卻不可能停止對他說的話產生反應，甚至進而想像如果那一邊的他聽到了反應又會如何。

他被影響、被改變的想像一直都在那裡。小說中還有些段落是古義人往下聽到的錄音內容，他會覺得好像是吾良知道了自己前面內容對話，所以才會接著這樣說，將本來就錄好的話語聽成了是死者對自己的回應。

生命經驗的定版

在時報版的《換取的孩子》中譯本裡，有一篇吳繼文所寫的「導讀」，加上一個對照表，表上列出了小說角色和現實人物的一一應對。這反映了大江健三郎小說的奇特性質——自傳性強烈到可以在他真實生活中找到小說每個角色的原型來歷。

不過如果考慮到大江健三郎也曾經寫過像《為什麼孩子要上學》那樣的散文式作品，完全沒有小說的遮掩，直接向讀者訴說他的回憶與思考，我們應該要問：對於伊丹十三自殺這件事，為什麼不能或不要採用紀實筆法，需要借道於小說，卻又將小說寫得那麼容易察覺和現實的對應？

首先這指向了所有的自傳性文本中真實與虛構的模糊交界。即使是用散文所寫的經驗與感受記敘，其實都必然有虛構的成分。任何一個人進行回憶、整理人生經驗，尤其是要發抒而為對外發表的公眾性文本，必然牽涉到無意或有意的選擇，以及無可避免的編輯調整。

我們本來就選擇性地記得一些、忘記一些，即使是保存在記憶中的，也不見得都符合原本的事實。到要訴諸於文字紀錄時，寫作的過程同時是整理記憶的過程，等於是自覺地重新活過自己的人生。忽略部分還記得的，卻對另外一些部分予以凸顯並加油添醋一番，至少賦予了原本經驗時不會知道的意義或教訓。

很小的時候，應該有老師教過你如何寫日記。最基本的原則是每天都會發生、都要發生，重複性的事不要寫，刷牙洗臉不重要，走路上學放學不重要⋯⋯寫作記錄生活時首先就要面對這個問題：「什麼是重要的？」

認真實踐對於重要性的揀選，去除不重要只留下重要的，也就等於排除雜質，另外在以書寫形式記錄重要事蹟時，又是用一種更集中、更純粹的方式重活人生。一邊是本來現實的人生，另一邊是集中、純粹重活過的人生，哪一邊比較重要？當然是重新整理活過的更重要吧！

現實地活著時，人生充滿了偶然與重複，也充滿和眾多他人類似的不重要成分，等透過記憶與部分的虛構進行了揀選與再造，才確定並彰顯了生命中最重要的經歷與感受。

另外訴諸於回憶時，我們得以排除了原本現實中的不確定性。很多當下懸宕的事，經過時間，到成為記憶時都已經有了結果、知道結局了。現實地活著最麻煩也最痛苦的，是無從判斷當下此時此刻到底有沒有意義。今天新認識了一個人，重要還是不重要？今天買了一把刀決心要好好在家裡做菜，重要還是不重要？今天開了一個會、買了一支股票，重要還是不重要？

不知道，無從判斷。今天你在街上剛好遇到總統車隊，看到車停下來，蔡英文在你面前走下車，你可能心情激動，覺得很重要；但五年後，你一點都不記得這件事，甚至可能對於蔡英文的長相都只剩模糊的印象。今天你在書店門口跌了一跤，一個人過來扶了你一把，你趕緊謝謝她，前後只有不到一分鐘，這個人對你來說當然不重要。可是兩星期後你又到書店，在書架前面遇到這個人，你認出她，她也多看了你一眼，於是你好奇對她手上拿的書多看了兩眼，跟她打招呼談那本書，然後這個人成為了你的終身伴侶。

對於人生中重要的事，我們往往都是到了一切來不及時才會知道，當事情成了回憶，能確定的都確定了，不會再改變，才弄明白究竟發生了什麼，有什麼意義。以回憶重新活過，排除了原先的不確定。不確定是活在當下最麻煩卻又最普遍的狀況，當下的所有決定都無法真正判斷對錯，因為不知道後面還會發生什麼，也不知道會有什麼結果。

訴諸回憶，知道了結果，可能會有和當下很不一樣的選擇。現實裡覺得自己遇到了對的人，選擇這個人作為自己要共度終身的對象，然而三個月後痛苦發現他劈腿。已經知道了結果，所以後來寫回憶錄，這個人不會出現，你當時第一眼見到他的強烈激動都從記憶中刪除了，那是一份沒有這個人、沒有這段經驗的記憶，才是你生命經驗的定版。

人生與命運的關係

里爾克寫過一首給朋友的安魂曲，裡面反覆訴說討論：如何認識我們的命運？我們總以為有一股外在的力量，上帝或其他，規定了我們的人生會發生什麼事，也就是命運在前頭，人生在後頭。里爾克卻在詩中說：其實是人將自己的命運活出來的。

意思是：當你活得久一點，會因為你的存在而改變了環境、周遭，你有了評斷標準，選擇出生活中哪些是偶然、瑣碎的，哪些是本質、純粹的。你將不要的部分拿掉，留下你要的，形成了屬於你這個人的故事，那看起來就像命運了。因為不相干的因素都排除了，看起來就是一步一步都緊密連繫，一直到你當前的處境，都有來歷、都有道理，像是冥冥之中注定必然走上這條路，必然走到這裡。那些原本的不確定於是變成了只是一層層煙幕，終究還是要從中浮現出明白的命運。

自傳性的書寫一定會有對於書寫者自身這種重新整理、重新活過的作用，不論採取的是小說、散文或回憶錄的形式，也不論是否有自覺，都是將過去不確定的經驗揀選後寫成了確定的生命內容，像是向自我揭示了命運一般。

（請參看木馬出版的《可知與不可知之間：楊照讀里爾克》）

放在這個脈絡下比較地來看，大江健三郎動用虛構工具所寫的自傳性文本，特殊之處在於刻意反其道而行，不是將人生寫清楚、寫成命運，而是寫得更混亂、更模糊。

寫《換取的孩子》時，大江健三郎六十多歲，快七十了，照道理講，回頭看人生總會有一些「老人的智慧」，那不是什麼神祕的東西，不過就是看到自己的一生大部分都定案了，再往前，有限的年數、更有限的變數，還能有多少懸疑？所以寫起來自然有一種撥雲見物的清澈明朗。

但我們不會在大江健三郎的《換取的孩子》一直到《水死》等晚年作品中看到這種風格。他不受「老年智慧」的誘惑，持續要將自己的生命景觀推回不確定的一點上。他的虛構是用來一而再、再而三去推翻原本已經在時間中固定下來的答案。

虛構給他空間可以鋪陳多重來源，將已經走到有答案的人生，推回仍然充滿選擇歧路的狀態。好像是一池已經沉澱的水，明明可以穿透水面看到底下沉積的東西，沒有任何神祕之處，他卻硬要將底下的泥沙攪上來，重新創造沉澱前的那種混濁，不再能看清楚水中什麼是什麼。

多重來源之一，是長江古義人的記憶，但那並不是用記得、回想的慣常形式表現出的。而是突然被勾起回憶，但同時這浮現出來的回憶又受到外來因素衝擊影響，而變得不那麼明確。

小說開始於塙吾良之死，死後的吾良留下了「田龜」，那像是記在錄音帶中，吾良來自另一個世界對古義人的種種意見。聽著聽著，古義人突然有了恐慌，他害怕會從錄音中聽到吾良對他的指責。這是促使他選擇離開日本遠去德國的一大因素。

Quarantine

古義人為了讓自己和「田龜」隔離所以去柏林。不過這裡大江健三郎特別用了Quarantine這個字。現在大家應該對這個字很熟悉了，會很自然地將這個字對譯為「隔離」，但在時報版中譯本裡，劉慕沙沒有這樣翻譯，而是留著Quarantine原文不動。

留著不翻譯是對的。因為Quarantine有著特殊的來歷，不是單純的「隔離」。Quarantine來自《新約聖經》，用來描述耶穌基督在曠野上受到的四十天誘惑、考驗。那四十天中他沒有進食，只喝水，並接受了魔鬼的試探。

沒有進食當然會肚子餓，魔鬼出現了，對飢腸轆轆的耶穌基督說：「你不是神的兒子嗎？你如果是神的兒子，你可以把石頭變成食物，你有這個能力，就不用挨餓。」

耶穌基督拒絕為自己變出食物來。然後魔鬼又誘惑他到懸崖邊，對他說：「你不是神的兒子嗎?那你跳下去不會死啊!會有神的力量把你托住,你不會一路沉到底下去。你跳!你跳!」

耶穌基督拒絕魔鬼,因為「不可以試探你的主」,這是他得以通過考驗的信念。魔鬼要耶穌證明自己是神的兒子,那是許多人日常會遇到、也往往抗拒不了的誘惑,遇到人家懷疑你或挑戰你的資格,會為了要爭一口氣或為了炫耀挺而證明。

《新約聖經.四福音書》中記錄了許多耶穌基督的神蹟,讓盲人看見、讓癱瘓的人站起、用「五餅二魚」餵飽群眾,那他為什麼不能也行神蹟來餵飽自己,或行神蹟向魔鬼證明自己的身分?因為如果那樣做了,神蹟就是為了自己、為了炫耀,而不是為了向信徒顯示神的真理。還有更嚴重的錯誤,那就等於是去指使神、要求神配合行動。

不過魔鬼給耶穌基督的考驗還不只如此。更深一層的是試探他是否落入自我懷疑中?你真的是神的兒子嗎?你不會擔心自己不是,而想要得到確切的證明嗎?不會希望、不會需要上帝提供你保證,顯示你真的是神的兒子?

但如果耶穌基督真的確知自己是神的兒子,因而一定不會餓死,從懸崖跳下去也不會怎麼樣，那麼他也就不會受苦了，不是嗎？他不用害怕被釘十字架會痛會死，他早知道自己會復活，那他「道成肉身」來人世間走一趟還有意義嗎？他能創造神蹟，但不是在自己身上，所以他絕對不試探自己到底從神那裡得到了多大的力量——不會挨餓的權利？跳下去不會死的權利？如果試探，那麼他對神的信仰就不是完全的，又如何號召、感動人間產生對神的信仰呢？

耶穌基督「無罪受難」——其他所有的人都是亞當、夏娃的後裔，都必須承擔這對祖先犯錯的「原罪」，耶穌基督卻不是，他完全無罪，卻到世間來承受被折磨、被審判、被冤屈、被羞辱，最後被釘十字架的苦難——目的是為了重新給人類救贖的機會。如果他遇到了任何苦難，都可以訴諸作為神的兒子的身分得到神的救助，讓自己不痛不苦，那這件事就徹底瓦解不成立了。

因而他要通過四十天中的魔鬼試煉，肯證自己真正的任務是「無罪受難」，「無罪」與「受難」兩項因素缺一不可。他在曠野上苦呼上帝，釘十字架發出了最後七言，那是「受難」的終極。

避走柏林

大江健三郎形容古義人去到柏林的動機，用上了Quarantine這個字，有著多重典故、多重指涉。Quarantine的現代用法，是在醫學防疫上，避免自己被病菌病毒感染，更是要避免自己可能將病菌、病毒感染給別人。古義人要將自己和「田龜」隔離，那就不只是不想再被吾良錄在裡面的內容影響，還有反過來極曖昧的動機——不要以他當前的現實經驗汙染了保留在「田龜」裡的吾良的意見、吾良的生命。

妻子在勸古義人時，說了一句：「我不是因為擔心你在為去到那一邊做準備。」這句話反而提醒了古義人，察覺自己不可能真的沒有「做準備」的意念，那就是受到「田龜」影響，而感受到一份death wish，為了去到吾良所在的那一邊「做準備」。這就是他必須讓自己避開的主要原因。

遠去柏林，他的確和「田龜」隔離了，而且還不止四十天，到超過百日，然而在柏林就真的能避開塙吾良在那一邊的影響嗎？「柏林影展」是現實中伊丹十三、小說中塙吾良電影生涯的重要據點。想要逃開已經死去的塙吾良，長江古義人卻一頭栽入了有許多吾良事蹟與吾良回憶的情境中。

他不斷想起什麼時候吾良在柏林做了什麼事，而且他在柏林遇到的人與事又穿插干擾他的記憶，產生了小說中以多重來源內容建構的特殊多重敘述形式。主體是不斷被干擾的記憶，那和一個人主觀意志召喚形成、具備有自信的記憶很不一樣。

每次記起了什麼，必然同時產生記憶是否正確真實的懷疑。敘述中刻意讓讀者也產生對於記憶內容的質疑。像是他生命經驗中的巨大驚嚇與打擊，黑道來找他，但動用的方式竟然是用鐵球砸他的腳趾，理由是從古義人文章中知道了他有痛風，所以如此折磨他。這不是古怪到近乎荒謬了嗎？

而且在回憶中，我們看到他幾乎沒有任何反抗，因為聽到這些攻擊他的人用的是四國家鄉的口音，這也很不真實吧？

他本來要和「田龜」隔離，但在柏林反而遭受了在記憶上更強烈的試探。記憶的重點是黑道與暴力。我們逐漸明白了，他當時覺得需要和「田龜」隔離，正是為了要逃避吾良在其中似乎快要引導朝向那段記憶了，那是他絕對不願回想、面對的。然而反而在柏林他想起了吾良和黑道的糾葛，還有黑道如何對付他的往事，這段往事像一條逆向的隧道，走進去就一步一步通往神祕的另一端，在那裡存在著古義人十八歲那年和吾良一起經歷的事。

徹底垮掉的「那件事」

「那件事」是什麼？我們遲遲無法得知，只能感受到「那件事」如此沉重，古義人無法正常、順利回想。到後來必須透過古義人的妻子，也是吾良的妹妹，從她口中才說出來。那也就是書名《換取的孩子》（被掉包了的孩子）的由來。

千樫記得有那麼一天，她的哥哥彷彿被掉包了，變成了另外一個人。當時在四國的松山，吾良在念中學，兄妹兩人寄宿在佛寺裡，有一天吾良以從來沒見過的狼狽、徹底垮掉的樣子回來。古義人記憶中有一次吾良上電視，一邊錄影一邊喝酒，後來整個人在鏡頭前垮掉的模樣。然而對妹妹千樫來說，唯一一次最驚人的，是那晚回到佛寺來的吾良，而且吾良和古義人一起，兩個人都徹底垮掉了。

什麼是「徹底垮掉」？在這裡大江健三郎用了自己的典故，出現在《個人的體驗》書中的「後記」，他說兒子出生之後有一次他「徹底垮掉」，完全不能動，把他太太嚇壞了。那是他無法面對出生的小孩終極最痛苦的時刻，對比下，塙吾良和長江古義人遇到了什麼事情，也給他們帶來終極的痛苦嗎？

如此在小說中鋪下了最重要的懸疑，那一天發生了什麼事？古義人有自己的記憶，但他的記憶不斷受到干擾，讓他愈來愈沒有把握，要回想要敘述自己都會覺得不太可信。

除了古義人的記憶，另有吾良留下來的錄音帶，那像是來自另一個世界的聲音。這些錄音早已完成，放在那裡，但只要古義人沒有去聽，就永遠不會知道吾良到底說了什麼，保持在一種神祕、未知的狀態。

到了小說後半，在兩者之外，又多了另一個驚人的來源，牽涉到以武滿徹為原型的作曲家。現實中武滿徹確實曾經委託大江健三郎寫過歌劇腳本，但後來大江健三郎沒有完成。因為過程中武滿徹發現自己罹患癌症，沒有多久就去世了。

在小說中更進一步衍伸，作曲家和古義人合作的歌劇還可以找吾良來合作拍成電影，如此三位創作者就組構成一個三角形，合作進行小說、歌劇與電影。搞吾良死後，長江古義人發現了他留下的一部電影腳本，在裡面記錄、呈現了吾良對「那件事」的回憶。於是這部遺作腳本的內容又進一步干擾了古義人對自身記憶的態度。

古義人一邊回憶，一邊看著腳本揣測吾良如何回憶。吾良留下來的，不是對話劇本，而是分鏡腳本，每一個畫面都誘引著、衝擊著古義人。不同來源的訊息此時逼著古義人不得不去面對過往發生的「那件事」。但這裡沒有「真相」，事件被推回非常不確定的狀態中，有些關鍵因素再也無法弄清楚。

吾良留下的腳本上，其中一段情節有兩個不同拍攝計畫。導演在構思時還無法下定決心，所以將兩個版本都畫下來，兩案並存。但從電影拍攝效果看是一回事，牽涉到記憶中的事實是另一回事，哪一個版本才是吾良知道的、認定的事實呢？現在無從追究了，因為吾良已經死了，而兩個版本中的情景古義人都沒有經歷，他不在場。

吾良與古義人的祕密

那一天，長江古義人和塙吾良被惡少們以剛殺剛剝的牛皮覆蓋在身上，使得兩人渾身是血腥臭味。吾良說要回去洗澡，古義人無從知道回去洗澡的吾良又發生了什麼事。

電影腳本中，吾良給了兩種不可能並存的版本，古義人無從判斷哪一個才是事實。之所以會有兩個版本，因為這段時間牽涉到吾良和美軍彼得之間的同性關係禁忌。被多重來源干擾，古義人對於發生在松山的回憶，必須再往前推，推到年紀更小時，但那時所看到、所聽到的，受限於理解能力與記憶保存時間，也就更沒有把握。

推到了他十歲那年，長江古義人與作者大江健三郎同年，十歲經歷了日本戰敗。戰敗那天在長江家發生了一場鬧劇，他父親長江老師的弟子們，一群典型的軍國主義右派青年，不甘心投降，要繼續奮戰，於是開了一輛戰車，將癌末的老師放在車上去搶銀行，要用搶來的錢當作未來戰鬥的資金。

一段荒唐過程中，古義人的父親長江老師死在戰車上。從這裡引出了「大黃」，他的名字源自中藥藥材，身上少了一隻手臂，就是他在一九五三年，突然出現在古義人看書的美軍圖書館中來找他。時機是日本要和美國簽訂第一次的《安保條約》，藉此終止美軍對日本的占領統治。

這是戰後日本歷史的重要轉捩點，大江健三郎藉「大黃」讓我們看到這些軍國主義右派如何看待這件事。他們在意：如果就這樣簽訂了《安保條約》將美日關係「正常化」，意味著日本經歷了長達八年被美軍占領，從開頭到結束，都沒有出現過任何一次反抗事件。那將是人類歷史上少見的深刻恥辱。所以他們要在美軍占領正式結束前，至少發動一次事件，表現日本人不是完全沒有反抗。

這是大江健三郎所說的「曖昧的日本人」。近乎無法解釋的日本人行為，為什麼在八年的占領中，這個被占領的國家、社會徹底失去了反抗的意志，更沒有任何明顯的反抗行動？

看看美軍進入越南所遭遇的，或美軍進入伊拉克所遭遇的。或者就連一八九五年之後日本軍隊進入台灣，他們所遭遇的。一直到今天我們都覺得要講那一段台灣史，一定要講台灣人對日本統治的種種反抗。

真是難以理解、不可思議，有著深厚武士與武士道戰鬥傳統的日本，一個精於以匠人態度講究殺人武器與殺人技法，到現在仍然以製刀工藝聞名全世界的民族，太平洋戰爭中顯現了驚人的不怕死精神的民族，卻以最馴服的態度接受美軍占領，讓美軍輕鬆地在自己的國家待了八年，沒有遭遇任何反抗。

這是大江健三郎那一代人必須面對的疑惑及痛苦。他確實在十歲時親歷了日本社會的大逆轉，大人突然放棄了所有自己激動高喊的口號，轉到擁護占領者的那一邊去。能做得出這種決然的逆轉，豈不證明了這些人沒有原則，日本是一個沒有精神、沒有靈魂的國家？

從軍國主義一下子掉入最深的懦弱，成為人類歷史上最乖順的被占領者。大江健三郎才十歲都已經因這件事而留下深刻傷口，在他心中這既是巨大的謎，也是他長期鄙視日本的關鍵原因。這件事使得大江健三郎眼中看到的日本，和其他人都不一樣，他一直記得那個沒有精神、沒有靈魂的戰後日本。完全沒有原則的民族、社會才有可能一夕之間從軍國主義的侵略立場全部瓦解，成為最乖順的被占領者。

三島由紀夫的影子

所以對於期許無論如何一定要在占領結束前轟轟烈烈有一場反抗的主張，大江健三郎抱持著一定程度的同情。寫「大黃」他們的舉事衝動，他要凸顯：身為日本人該如何面對那份恥辱？這些人是右派，極度看重國家的尊嚴，那麼當國家徹底受辱了，該如何爭取、恢復國家的尊嚴？

前一次，一九四五年時，他們拒絕接受戰敗投降，然而只能搞出一場鬧劇；八年之後，處在歷史性的恥辱紀錄中，他們又再演了一場鬧劇。處境與行動的對照中，大江健三郎表現了對日本的鄙視，以及對日本右派更深、更根本的嘲弄。

那甚至不是批判。他們設計去爭取國家尊嚴的方式，竟然是安排一位美少年，也就是塙吾良去勾引美軍軍官，以便讓這位彼得幫他們偷運出十枝報廢的自動步槍，裝作自己手上有武器，自殺式地去攻擊美軍軍營。進攻中他們當然會被打死，事後大家會發現他們其實手無寸鐵，持的是沒有用的槍，於是日本社會將被他們的死亡激怒，群起反對美軍。

顯然虛構這個情節時，大江健三郎腦袋中與筆下都是三島由紀夫的影子。一場不會有實際作用的鬧劇，為的是製造聳動人心的死亡事件，期待因此刺激、鼓動社會人心，《豐饒之海》第二部《奔馬》中寫的是這樣的故事，三島由紀夫帶領「楯之會」成員闖入自衛隊，向隊員喊話後切腹自殺也是這樣的故事。

要特別請大家參考這系列的另外一本書：《追求終極青春：楊照談三島由紀夫》，裡面有比較詳細的陳述、解說，讓大家可以清楚了解從三島由紀夫到大江健三郎的連結。三島由紀夫在《豐饒之海》書中將佛教輪迴信念與理論鋪陳得如此細密繁複，簡直必須是徹通的智者才寫得出的深度，但可以到達那樣的思想高度，而且還是佛教的「解脫智」，為什麼同樣這個人卻讓自己死在那樣的荒唐鬧劇中呢？他看不出來自己的現實選擇和小說中呈現的道理，對於人之所以活著的探索、揭露有天壤之別嗎？

大江健三郎忍不住在小說中設計情節來嘲諷三島由紀夫，並從中取得了貫通三島由紀夫的藝術與人生——智與愚——的線索。關鍵在於暴力。日本人出了什麼問題？他們從來不知道該如何面對暴力、如何使用暴力。方方面面都極為傑出的三島由紀夫唯獨在處理暴力時，退化出現了比小孩還更沒腦筋的奇怪反應。

最奇怪的是天真、幼稚地相信暴力可以產生很大的作用，以為訴諸暴力能帶來非常的結果。而他們的暴力想像、暴力假設幾乎總是錯的，錯得離譜。這些人，甚至是內化於日本心靈中相信發動了暴力事件可以產生歷史性的作用，讓國家、人民醒悟。當他們的信念得不到支持時，他們不會認真檢討信念的曲直真假，也不會將重點放在如何表達信念去說服人，而是執迷地去構想一場暴力事件，不加檢驗地期待暴力自然會帶來震撼人心、喚醒人心的作用。

絕對不能批判的對象

《換取的孩子》小說中誇張地表現了暴力想像產生的退化愚蠢作用。這些右派分子沉迷在暴力事件及其效果想像中時，就理所當然原諒了自己所做的任何事情，包括利用一個不到二十歲的年輕人，以男色去誘惑美軍男性軍官。

進一步的深意則在於提出真正的歷史批判，大江健三郎認為日本對於戰爭的檢討之所以總是不夠、不到位、不徹底，正因為沒有完成對暴力的正視。

大江健三郎是一位自覺的「戰後作家」，認真處理「戰後議題」，也就是日本戰敗之後究竟該怎麼辦？對於戰爭責任的檢討，丸山真男認為最大的盲點在於不能檢討天皇，也沒有徹底推翻天皇至上權威地位，天皇制讓日本人養成政治上禁忌的習慣，有一塊就是不能被討論的，那塊禁忌之處必然成為藏汙納垢的淵藪。大江健三郎的良心態度，很接近丸山真男，反對在現代環境中還保留了不能被質疑的神話，戰後不碰觸天皇制，用逃避的方式閃躲天皇存在的事實，同時讓天皇避開所有的批評攻擊，如此使得日本政治永遠擺脫不了黑暗的循環。

日本天皇最特殊之處在於其神格化，造成人間的天皇和抽象的天皇超然身分混淆不清。明明都是人，他們卻因當上了天皇具備神性，於是這個人就超越了人的是非善惡，變成不能被觀察、分析，更不能被批判的對象。

那很像以前傳統的信念中，婚姻就是一夫一妻，沒得討論。或是有一段時間，台灣獨立不是一個可以討論的政治議題。不能分析、不能說理、不能討論，那就是絕對的標準答案，天皇在日本歷史上長期占據這樣的地位。

麥克阿瑟認為一旦強迫日本取消天皇制，一定會帶來大亂，於是他選擇了等於是挾持裕仁天皇來以美軍總部統治日本。最有歷史象徵意義的照片中，看來神情輕鬆的麥克阿瑟將軍和畢恭畢敬、立正站好的裕仁天皇合照。日本人感激麥克阿瑟保存了「國體」，又將對天皇的絕對權威尊敬投射到麥克阿瑟身上，因而有了被占領卻始終沒有反抗的奇特歷史過程，在一個意義上，那是因為日本人不會、不能去反抗自己的天皇。

丸山真男的著作對這段歷史過程有精闢的分析，不過其中又顯露了他的無奈。丸山真男太清楚為什麼天皇制不能被檢討，他強烈反對這種態度，天皇被取消所有作用，變得無從討論，結果對日本社會產生更大的壞處。

這中間少了一個確切的體驗，讓天皇成為人，讓人們用對待人的方式對待天皇。沒有人真正認識昭和天皇，也沒有人真正認識平成天皇，他們就沒有被當作是人對待的那一面。雖然看起來天皇沒有任何實質作用，然而任何人信奉絕對國家主義時，卻都以這抽象的天皇為膜拜對象，將自己的信念也升高為絕對、不容分析、不容討論、不容置疑的。

在這點上，大江健三郎很堅定也很固執，一直到獲得了諾貝爾文學獎，活到快八十歲，仍然會因為刻意以嚴厲言詞談沖繩問題而被告上法院。

與黑道的關聯

而《換取的孩子》有著特殊地位，就在於大江健三郎點出了另一項盲點——日本社會從來沒有認真檢討對待暴力的態度。這個社會裡有很多人存在著對暴力的依賴，而愈是依賴暴力的人，他們對暴力的認知愈是可笑、天真，近乎愚蠢。所以他要在小說中以戲謔嘲弄的方式呈現那樣的荒唐面貌。

他正面挑釁日本右派，表現他們滿腦子錯誤、可笑的暴力想像。他們以為暴力可以為他們帶來什麼，在對於暴力作用的預期中腐化、敗壞了自己的生命，也使得他們成為日本社會最卑下的腐敗力量。

暴力讓右派和黑道結合在一起，根深柢固。小說中呈現了一九四五年有一場鬧劇，一九五三年又來了一次，而伊丹十三拍完《民暴之女》，他們又以同樣方式暴力威脅。大江健三郎要凸顯的是日本右派最嚴重的錯誤，在於從來沒有真正理解暴力，他們以為自己在使用暴力，其實他們會做的、能做的，只是將暴力瑣碎化、鬧劇化。

右派加黑道雖然擁有暴力，一而再、再而三要以暴力遂行其目標，但實際上他們對暴力的估計一直都是不準確的。一直不斷高喊暴力的口號，期待暴力讓別人屈服，最後在人心上產生的效果不是恐懼，而是莫名其妙與輕蔑。在鬧劇中，這種人最終再也無法認真、正經看待任何事物。

《換取的孩子》採用長江古義人的主觀視角，卻到了最後一章轉成了妻子千樫的觀點。在此她說明了什麼是changeling，那一天右派的可怕、無恥、胡鬧的暴力震駭、改變了吾良，讓妹妹感覺到原來的那個哥哥彷彿再也沒有回來過。回到佛寺來的，是完全不一樣的另一個人，被掉包了。

掉包之後的哥哥成了什麼樣的人？也就是廉價的、荒唐的暴力會帶來什麼，讓人付出怎樣的代價？吾良從此一生都背負著這樣的代價。

小說中曾經出現長江古義人的弟弟，在東京當警察的。兩兄弟之間有一段非常重要的對話。

塙吾良死後，受不了那些紛紛擾擾對吾良死因的斷言，刺激了長江古義人去探尋吾良的生命軌跡。他當然會得到不一樣的解釋。不過他連自己的回憶都沒有把握，從回憶加「田龜」整合而成的也不會是終極的定本，毋寧是對照顯現了那些斷語的粗暴、無理。長江古義人探尋的版本，指向暴力對於吾良的長期作用，藉由當警察的弟弟，在對話中將這個方向指引得更明確些。

弟弟對哥哥說：

「我也認為黑道暴力是吾良兄自殺的直接原因。他把製片據點設在松山，回到那件事情發生的原點上。所以我跟那件案子幕後關係的調查人員做過業務性的談話。此外，吾良兄因為電影取材的關係，也認識警察廳的一些幹部，其中一個高階警官遭到宗教團體恐怖行動受傷住院的當兒，聽說吾良兄送過他小明的CD。之後，吾良兄以同樣遭黑道狙擊者的身分，想邀那位警官在《文藝春秋》上對談被對方謝絕了。聽說那位警官給別人寫信表示這事並不妥當，吾良先生這人『非常naïve』，可也有剛毅耿直的一面，打定主意不向暴力低頭，這是我聽來的可靠消息。

「作為警方最高負責人而遭恐怖分子襲擊的這位警官，後來轉任外務省還是哪個部門更重要的職務，可說是個強人，這麼樣一個人竟然把被黑道刺殺的吾良兄形容作『非常naïve』，以你一個東大畢業的人使用的外來語來看，要是忠於原文，naïve這個字眼其實有點負面，不是嗎？不過反過來想想，一個受恐怖行動傷害的人，把同樣被傷害的另一個人說成剛毅耿直，這是相當高的評價，我到現在也忘不了。」

吾良之死和黑道有關，但並不是被黑道逼死，不是因為拍了《民暴之女》引發這些與黑道間的糾紛，受不了黑道的種種騷擾威脅所以自殺的。他和暴力之間有更複雜的不解之結。而且更長遠。小說中要描述的，那一天親歷廉價而荒唐暴力的經驗，深植在吾良心中，產生了無可改變對於日本右派暴力的強烈不屑。不屑到徹底改變了吾良這個人。從此之後，他絕對不對這樣的黑道讓步，但偏偏他的家世與天分讓他自然走上了和黑道必有千絲萬縷糾纏的電影業。

於是他成了電影圈中很奇怪的人。遇到黑道的事，吾良幾乎沒有任何圓滑世故的空間，得到了「naïve」的形容。同為警察的忠大叔明白地解釋，這個字在這樣的脈絡下，看似負面，卻帶著讚賞，是「相當高的評價」。

失去靈魂的日本社會

虛實交雜，大江健三郎要表現的已經不是追究伊丹十三或塙吾良自殺理由了，而是探得更深也更廣，深入伊丹十三生命情調的根本之處，並開拓到日本社會的歷史性問題。大江健三郎藉此發洩了自己對黑道的不屑與批判，但那又不是單純「譴責暴力」。

他要呈現這些人對於暴力的種種荒唐、愚蠢想像，那和使用暴力是不同層次的現象。另外他要解釋日本戰後這樣一個不值得尊敬、也缺乏自尊的社會是如何形成的。不是因為有黑道，而是黑道都不像樣，黑道延續了軍國主義的錯誤。當年日本軍方以為出兵滿州、出兵北平，能夠藉軍事暴力讓中國屈服，也能讓世界承認日本的地位。但他們大錯特錯，暴力真正帶來的是日本的淪喪，連帶失去了做為人的原則，失去了精神與靈魂。

敗戰沒有讓日本人檢討暴力與暴力想像，而是將擁有更強大軍事暴力的美軍視為神明，於是一直無法重建自己的精神。流風所及，沒有靈魂的日本連黑道都不像樣，讓塙吾良看不慣、看不起，其實是讓大江健三郎看不慣、看不起。

大江健三郎在日本不是那麼受歡迎，主要因為他從來不掩飾這樣的態度，擺明了認為從二次大戰之後，日本現出了原型，就是一個猥瑣、卑下的國家，遇到比自己強大的力量就瞬間「一二三木頭人」變得一動都不敢動。這樣的人當然只能回頭去向弱小的良民們抽保護費，不可能成為像樣的黑道老大。

然而他在小說中的敘述策略，痛斥日本社會猥瑣、卑下時，他沒有放過自己，總是將自己放在裡面，故意將代表自己的角色也寫得猥瑣、卑下。他沒有要擺出清高的姿態來對日本社會頤指氣使，而是先承認自己就是這樣社會的一員，同樣活在這樣的歷史情境中，因此更需要坦誠地反省。他看不起黑道之處，正在於他們完全缺乏這份自覺，對自己繼承的猥瑣、卑下像張揚骯髒內衣褲般令人尷尬地炫耀著。那是他們暴力鬧劇的根本來源。

在這樣的日本社會裡沒有英雄，即使得了諾貝爾文學獎的人也不會是英雄。所以他刻意將自傳性小說中的自我角色寫得狼狽張皇，讓一個諾貝爾文學獎得主在小說中被黑道砸他的腳趾，腫著腳趾被丟在家中的樹下，痛得說不出話來。以他自己的不堪，映照日本從歷史到現實上的不堪。

大江健三郎獲得諾貝爾文學獎，進入晚年竟又爆發出一波驚人的創作力，相當程度也就來自對日本社會感到不屑的強烈心理刺激。正常狀況下，諾貝爾獎將一位文學家推到了成就的頂峰，他會感到沒有什麼好再寫的，前面已經沒有可供攀爬的新目標了。然而大江健三郎卻是在得了諾貝爾文學獎之後，取得不容日本社會忽視、冷漠以待的新地位，也得到了可以更有效騷動日本社會的能量。不過當他如此表明對日本社會的不屑，那個社會最大的反擊就是不理他，所以他後期這些重量級小說仍然在日本並未產生太大的影響作用。

我們不是日本人，反而能夠從這些作品中得到更多啟發，見證看到有些不適應、甚至看不起自己的社會的人，反而具備不同的創造力量，不媚俗不討好，反其道而行，才激出更有意義的作品。

第四章

貫徹而堅定的政治立場

日本右翼團體與暴力的關係

大江健三郎不是單純反對日本右翼勢力而已，在任何議題上他都認真貫徹呈現「曖昧的日本」的文學追求。如果清楚明白地反對，如果沒有曖昧性，他就不會一再回到這個主題上，用不同方式描述、形容日本右翼勢力。

日本右翼是什麼？他們出了什麼問題？該如何看待日本右派？在《換取的孩子》書中，

大江健三郎指向了天皇制和暴力問題。不過這樣的答案，仍然不會是最後的終點。

讓我們回頭整理一下。一九五八年，大江健三郎仍在東大就學期間，以〈飼育〉贏得了芥川獎。不久之後，一九六一年，他的作品就捲入了巨大的風波裡。在這年《文學界》雜誌的一月號和二月號中，他分別發表了〈十七歲〉和〈政治少年之死〉兩篇小說。

〈十七歲〉和〈政治少年之死〉都是翻譯成中文的篇名，前面那篇發表時，大江健三郎用的是「セヴンティーン」，以片假名拼出英語seventeen的發音。後面一篇的標題「政治少年死す」更複雜，一個名詞加一個動詞，但中間沒有受詞，而且動詞用的是原形，完全不符合日文的文法。中文勉強譯為「政治少年之死」，但日文中其實並不是名詞形式，應該對應為「政治少年死了」，但也不行，因為「死了」動詞應該是過去式，大江健三郎卻不是那樣寫，他寫的是「政治少年死」，這種曖昧的時態無法構成合乎文法的中文。但這是他悉心設計的。這個標題要顯示這個政治少年在死的過程中，是現在式，或進行式，小說要描述少年所遭遇讓他如同死亡的事。

這兩篇文章引起軒然大波，一部分是大江健三郎本來就對讀者存心挑釁，不過更大一部分不是他自己能預見、控制的，而是「第一次安保鬥爭」的時局所造成的。

那是要修訂《美日安保條約》時掀起的社會大騷動。當時的日本首相是政壇的老狐狸岸信介。岸信介有很奇特的政治資歷，他在政壇嶄露頭角，是在戰爭期間參與東條英機領導的內閣，在裡面擔任部長。戰爭結束後，他因此以戰犯身分被捕、被審判，後來僥倖獲得特赦。有這樣的背景，岸信介卻在擔任首相時完全對美國一面倒，對於美國提出的《安保條約》內容照單全收，甚至有時候比美國還更顧慮美國的利益。

最引人注目的，是修訂後《安保條約》幾乎將防衛日本的責任都交給美國，而且給予美國近乎毫無限制在日本發展軍事基地的權利，因而被稱為是讓「日本美軍基地化」的條約。在很多人看來，如果簽訂了這項新條約，日本實質上成了美國的屬國，表面上擁有參與國際事務的外交權，但不只完全沒有軍事自主權，而且完全受制於美國的軍事決定。

於是當時爆發出的巨大反對聲音，要求日本真正去軍事化，成為一個真正的中立國。不只日本不要、不能再擁有武力，也不要、不能讓其他國家，尤其是美國，在日本布置武力，將日本軍事基地化。

日本戰後新憲法中有第九條，寫明日本永遠放棄軍事與戰爭。大江健三郎到超過八十歲都還積極參加「九條會」，這個組織的宗旨就是堅持憲法第九條絕對不能修改、不能取消。

反對《安保條約》的人認為憲法第九條的規定包括了禁止美國在日本設立軍事基地，《安保條約》是明白違憲的。美國實質上將日本國土軍事化，如果美國和蘇聯發生武裝衝突，那麼蘇聯不就理所當然會攻擊日本的美軍基地，也就將日本扯入戰爭中？

再加上岸信介的前戰犯身分，他和東條英機激進戰爭內閣的關係，使得這件事更形可疑，和日本戰後應該走的和平、中立道路顯然有很大的矛盾。更何況當年激烈與美國為敵的戰犯，今天卻變成完全服從美國的工具、傀儡，岸信介這樣的大轉彎，也未免太過分、太無恥了吧！

引發紛擾的安保條約

「第一次安保鬥爭」發展到最高峰時，有兩百五十萬日本人上街，超過三十萬群眾包圍首相府。當時地位如日中天的三島由紀夫站在國會屋頂，俯瞰被重重包圍的首相官邸，回到書房，他寫下：

並不是因為他是個戰爭的禍首，也不因為他是個馬基維利式的權謀政客，甚至也不是因為他是個專門巴結美國人的馬屁精；人們恨他，因為他是個很小、很小的虛無主義者……他什麼都不相信，而且雖然他或許自認有信仰，但是社會大眾卻很本能地覺得他不能信服自己的政治信條。

包圍首相府發生在一九六〇年六月十八日，然後當年十月，日本社會黨的委員長淺沼稻次郎發表了慷慨激昂的演說，指責《安保條約》實質改變了憲法第九條，將使日本淪為美國的殖民地。演說之後，淺沼稻次郎竟然就遇刺身亡，而且行凶的凶手是只有十七歲的少年山口二矢。秉持強烈右派信念的山口二矢被捕後，沒多久在獄中自殺。

當年二十五歲的大江健三郎依據這樁真實事件，在極度騷動的情境中，寫了兩篇小說，當時的讀者一看就知道小說中的十七歲政治少年，是以山口二矢為原型的。在《換取的孩子》裡他提到過因為右派對他的攻擊，使得他有些作品無法廣為流傳，指的就是這兩篇小說。的確這兩篇小說沒有單獨出版，僅能在全集、《性的人間》短編集中找到。

小說中有一段描述這個少年十七歲生日那天，周圍的人除了姊姊之外，沒有人記得，因而他唯一得到的禮物，是允許自己自慰，而過程中他想像的性對象，是天皇。光是這個場景，就夠挑釁日本右派了，這是對他們的天皇信仰最大的褻瀆，也是對他們心目中少年英雄的刻意詆毀、醜化。

從一九六〇年十月，到大江健三郎的小說在一九六一年一、二月發表，這中間時局又有變化。一九六〇年十二月，小說家深澤七郎在《中央公論》上發表了一篇〈風流夢譚〉，中間有一場夢是夢見暴民闖入皇宮中，將天皇和明仁太子及太子妃都以暴力砍頭，雖然是夢，但那樣的情境描述碰觸了日本的大禁忌，不怎麼隱諱地指向了日本天皇家可能會消失。

深澤七郎是誰？他最有名的作品是《楢山節考》，後來由今村昌平改編成緒形拳主演的電影，轟動了國際，讓看過的人都留下難忘的印象。小說及電影處理的是日本貧困鄉下的習俗，因為生產條件太差，為了讓下一代能夠活得下去，上一代的老人過了一定年紀，就要被送到山裡去等死，不能再消耗家中糧食。今村昌平用非常風格化的白色畫面襯托老媽媽離家前後的情境，那是人為的生離死別，格外具有震撼力量。

看過或讀過《楢山節考》應該就能理解深澤七郎的寫作方向，他也習於批判日本社會的習俗與禁忌，所以在動盪時刻寫出了那樣的夢境。

〈風流夢譚〉發表後，果然引來巨大的壓力，逼得《中央公論》的嶋中社長出面道歉，然而還是有右派暴徒在一九六一年二月一日，闖進嶋中社長家中，砍死了一名女傭，並將社長夫人砍成重傷。

行凶者叫做小森一孝，令人驚訝的，他也是十七歲。

右翼的三島由紀夫

大江健三郎真的捅了大馬蜂窩。他原先以山口二矢為原型寫的小說，剛好在一、二月發表，如同預言般又遇上了另一樁由十七歲少年犯下的政治暴力事件。於是輪到刊登大江健三郎小說的《文學界》總編輯必須出面道歉，同時右派極度強烈的仇視敵對，當然也投向了大江健三郎。

那段時間，大江健三郎出入都需要保護，他成了文壇、甚至社會的注意焦點。同樣時間，另外吸引文壇、社會聚焦注意的，是三島由紀夫，他寫了三篇相關的作品，後來被稱為「二二六事件三部曲」。

這三部作品是《憂國》、《十日之菊》和《英靈之聲》。其中《憂國》尤其重要，他自己格外重視，以自編自導自演的方式改編成為電影。三部作品中確立了三島由紀夫對天皇制的看法，比較詳細的說明，請參看《追求終極青春：楊照談三島由紀夫》。三島由紀夫的想法，並不是那麼簡單、庸俗的右派觀念，事實上，當時這三篇作品甚至被右翼媒體和右翼團體視為是侮辱天皇與「日本國體」，因而對三島由紀夫發出嚴厲譴責的。

日本的左派、右派，其實沒有那麼清楚可供區別的性質，而右派的複雜性又甚於左派。自認左派的大江健三郎在《換取的孩子》中藉由大黃一行人扳回日本尊嚴的鬧劇行動，諷刺三島由紀夫，然而一九六一年時，三島由紀夫寫的小說，和大江健三郎的小說同為激進右翼分子攻擊的對象。

而三島由紀夫在一九六一年第一時間讀到大江健三郎的兩篇「惹禍小說」，他先是對和他長期合作的新潮社編輯表示了看法，後來甚至寫了一封信給大江健三郎，評述他「應該是一個在情感上為國家主義所吸引的人」。也就是敏銳的三島由紀夫在大江健三郎的小說中，看到了更幽微的集體主義、國家主義信念與熱情，而不是表面單純的左派立場。

三島由紀夫的「三部曲」中，特別關切一九四六年的天皇「人格詔書」和日本憲法上訂定的「象徵性天皇制」。雖然保留了天皇，但憲法上明白規定天皇不得有任何實質政治作用，是純象徵性的。而為了徹底去除天皇在政治上的權威，美軍總部強制裕仁天皇發布了詔書，宣告：「天皇是人而不是神」，不只是解除了自己的神性，還一併取消了天皇這個身分長期具備的神格地位。這是「人格詔書」的內容。

三島由紀夫反對「人格詔書」，也反對憲法規定的象徵性天皇制。他以「二二六事件」來顯現天皇的意義。「二二六事件」是由一群中下級軍官發動的起義，他們的主要動機來自激發了強烈「清君側」的熱情。他們共同覺得天皇被高官包圍，高官背後又有財團利益關係，因而侵蝕危害了日本的國家基礎。這些掌權的高官根本不是真正效忠天皇的，所以他們要以武力介入，清除這些壞分子、惡勢力。

「二二六事件」的戲劇性也就在於他們如此相對單純的動機，連帶產生一份自信，認為這樣的行動必定能得到天皇的支持。但現實上發生的是：他們得到了一部分民眾的同情，卻激怒了天皇，天皇堅決要求鎮壓，他們的行動很快就失敗瓦解了。

起義時，他們暗殺了日本軍事體制中等同於副參謀長職位的高官，讓天皇無法忍受。對天皇來說，絕對不能允許國家高官被用以下犯上的方式任意殺害。這些軍官自認奉天皇之名起事，天皇公開下令肅清，他們當然無法支持下去。

天皇的神格信仰

三島由紀夫站在起義那方，但小說的重點不在為他們聲援平反，而在於凸顯了事件中的

「兩個天皇」──一個是義理的、理想的，也就是神格的天皇，另一個是現實的、人格的天皇。

三島由紀夫當然知道現實的天皇是人，但關鍵在於天皇職位所具備的純粹性，那是來自萬世一系的神格信仰，這份信仰中帶著不容否認，更不應該被取消的高貴性。

這是什麼意思？我在解讀里爾克作品時（請見《可知與不可知之間：楊照讀里爾克》）曾經提過在里爾克生命中帶來最深刻影響的露・安德烈亞斯—莎樂美（Lou Andreas-Salomé）。聰明絕頂的莎樂美曾經延續尼采對上帝的看法，提出自己的精采意見。尼采說：不是上帝創造了人，而是人創造了上帝。人是依照自己的形象、自己的需要，而去投射想像出上帝來。莎樂美則進一步說：是的，在程序上，是人先想像創造了上帝，然而我們不能否認，也應該看到，接下來上帝創造了，或者至少是上帝改造了人。

人將自己的理想，人自身做不到的、無法實現的超越性質投射在一個對象上，產生了崇高的上帝，然後因為有了超越的上帝與天堂，人被自己的理想逼得必須努力變得更接近上帝，得到進入天堂的資格。上帝取得了特殊的力量，影響、改變了人對於自己的看法與預期。

三島由紀夫有著類似的概念。當他主張「絕對天皇制」時，他並不是天真、愚蠢地認定天皇是神而不是人。他要說的是，日本傳統中投射、想像了神格的絕對天皇，這是值得珍惜的寶貴資產，一種特殊的文明價值。「絕對天皇」提供了日本人脫離庸俗現實，朝向理想的動力。

發動「二二六事件」的這些人，他們因為相信理想的天皇才會有那麼高的標準鄙視那些高官與財閥，也才有勇氣發動「勤王」行動。他們的標準是對的，他們的動機也是好的，為什麼不應該剷除自私的官吏與富人呢？但他們卻被現實的、人格的天皇拋棄、背叛了，這是「二二六事件」的悲劇本質。

右派分子無法體會三島由紀夫的絕對天皇理想，他們看到的是他對現實裕仁天皇不留情的批評，因而發動了對他的攻擊。

三島由紀夫的天皇觀不是要日本社會絕對服從現實的天皇，而是要指出「絕對天皇制」在日本社會與日本文化中的作用，讓人可以用更高的標準睥睨現實、追求理想。他用「優雅」來形容「絕對天皇制」，對他來說是日本之所以為日本的根本性質。如果天皇變成人，只剩下人的那一面，沒有了神格，那麼和天皇制密切聯繫的「優雅」也就維持不住了。

要是日本天皇和美國總統和法國總統一樣都是人，那為什麼還需要天皇？「象徵天皇制」擺明了說天皇是假的，人們對天皇的絕對性、神聖性沒有任何信仰，只是假裝有一個天皇在那裡，那是沒有意義的。唯有讓日本人可以真正相信的超越性天皇，才能發揮「優雅」的作用，才創造了日本歷史與日本文化。

三島由紀夫當然知道神格的天皇和人格的天皇會有衝突，「二二六事件」就是最明顯的例子，但他強調不應該因此而取消「絕對制」那一面的理想神性。上千年來日本政治、社會、文化都是建立在這不能解決的矛盾衝突上——當上天皇的是人，但他們又被視為是神。明明是人，卻發明設計了種種儀式，讓天皇可以活得像神，甚至就成為神，這樣的儀式中具備了至高、終極的「優雅」，是日本歷史與文化中最美好的一部分。

三島由紀夫眼中的大江健三郎

因為是以如此複雜的態度看待天皇制，所以三島由紀夫才會看出大江健三郎小說中的另外一面。所有的人都認為大江健三郎那兩篇小說在批判右派，也必然是批判國家主義，但三島由紀夫看出大江健三郎所寫的「純粹天皇」和他自己的「絕對天皇制」有非常類似之處，所以評論說：「這個人對於國家主義有清楚的感情」。

的確，大江健三郎筆下十七歲少年所崇拜的天皇幾乎沒有任何實質內容。那毋寧是一個最孤獨的少年給自己找到的絕望依賴。沒有任何實體的人或事或組織可以讓他依賴，在那樣的絕望空洞中，他只能找到代表至高權威的天皇。那樣一種至高的、超越的權威對他產生了一種感官之美的吸引力。

少年想著天皇自瀆，那是將自己的欲望對象投射成天皇，清楚表示天皇沒有任何實質內容，而是由少年所想望的一切組成的。天皇幫助他認清、顯影了自己的欲望。沒有「純粹天皇」在心中時，少年是無根的，不知道生命該如何繼續走下去；有了「純粹天皇」在心中，他一下子得到了絕對的愛、絕對的性、絕對的勇氣與絕對的暴力。他敢於去暗殺，也敢於上吊奪走自己的生命。

這可以是荒唐的浪擲，也可以是深沉的悲劇。至少三島由紀夫就看出了那作為深沉悲劇的意義。悲劇的根源不正在於絕對權威會產生特殊之美，而有感官性、甚至肉體性的強烈誘惑？「純粹天皇」和「絕對天皇」何其相似啊！

寫出這種小說內容的作家，怎麼可能是真正反對、抗拒或要汙衊國家主義的呢？三島由紀夫敏銳看出的，其實正是大江健三郎內在不安的深層原因，那有比右派的暴力威脅更糾結的拉扯力量。

可以這麼說，他自己應該也不太想要讓很多人看到那兩篇作品吧！寫那兩篇小說時，他並不是像許多人以為的那樣反對國家主義的，而是幽微表現了他明瞭、甚至他也感受到國家主義中的某種致命吸引力。

要了解那份吸引力的具體內容，無法從大江健三郎的小說裡去找，而是要讀三島由紀夫的絕筆之作《豐饒之海》，尤其是第二部《奔馬》。《奔馬》正面揭露了「起義」的追求，那是出於對純粹的需要：

> 需要某種決然的純粹行為，此種果斷的行為超越個人一生的利害關係，非得賭上性命不可。什麼叫做純粹？純粹意謂著這不是來自於我個人的利害，所以我去做的行為，因為只有這種行為可以號召，可以感動人，對於現實以外的更高的理想。

關鍵在如何證明行為不是出於個人利害的考量？最明確的方式，是將生命賭上，連活下去都不再考慮了，哪裡還會有其他利害可以算計呢？然後三島由紀夫以詩的語言描述了「純粹」：

> 所謂的純粹是將如花一般的觀念，有著強烈薄荷氣味的，像是漱口水一般的概念。……緊緊攀抓住母親胸前一般的觀念，當下土地和血液的觀念，一刀横刀切下，鮮血四濺的觀念，或者是切腹的觀念。把這些東西結合在一起，化作落花時分，血肉模

糊的屍體，立刻就變成了散放著微香的櫻花。所謂純粹就是把完全相反的觀念能夠恣意轉換。因而純粹就是詩。

三島由紀夫的文學最美也最可怕之處，就在於能將血肉模糊的暴力都寫成詩。這段文字中比較容易領會的，是櫻花在最美、最盛之際散落，但他要表達的不只如此，而是凸顯只有截然相反的事物神奇地被統合在一起才會激發出來的那種美、那種純粹。最強烈也最深邃的，是生與死在某種詩意的瞬間碰撞合一，那瞬間就是純粹，帶有超越性質的美。

信仰民主的價值

以三島由紀夫和大江健三郎並列，特別能撥除一般方便塗上的色彩，認定前者是右派國家主義者，而後者是反對軍國主義的左派作家，兩個人立場涇渭分明。這種方式或許可以用來寫維基百科，卻非但無助於我們了解這兩位作家的人生與作品，甚至妨礙我們真正進入他們小說所築構起的異質世界。

當大江健三郎用「曖昧」來定性日本時，那不是修辭巧思，而是反映了他一生存在上的實質困擾。他的作品與人生一直環繞著他所說的「兩種時代精神」。一種是「明治昭和精神」，那是日本崛起的依恃，從「維新」導向戰爭；另一種是一九四五年之後的「民主主義精神」，日本必須追求民主、落實民主。

這不是客觀實然的描述，他多次嚴厲批判現實日本不夠民主，所以重點毋寧是點出始終折磨他的落差，日本應該、卻遲遲未能從「明治昭和精神」過渡到戰後的「民主主義精神」，這兩者沒那麼容易連結起來。

不只在集體的層次上很難，甚至連在個人的層次也都問題重重。十歲之前，他活在四國的森林中，沒有受到太多外界訊息影響情況下，一直到戰敗前夕，他都還傻傻地相信日本會擊敗美國，傻傻地高呼那些軍國主義的口號。他真心每天高喊「天皇陛下萬歲！」，那成了像咒語般緊緊黏貼在生活上，那時候他擁有的最深刻信念，真的就是「天皇陛下萬歲！」

那不只是口號，是一個十歲孩子的衷心信念，意味著喊出「天皇陛下萬歲！」時，任何和這個口號結合的事物，都一定會被肯定、被相信。

大江健三郎七十歲之後，有好幾年時間捲入一項官司，稱為「沖繩戰爭議」。那是大江健三郎寫了幾篇文章，關於一九四五年八月發生在沖繩縣兩個小島上的「集體強制自殺事件」。其中一個島上死了三百二十九人，另一個島上死了一百七十七人。以沖繩戰役的慘烈傷亡程度看，一共五百人不是大數字，過去一般是以自殺來看待、描述這些人之死的，但依照大江健三郎蒐集到的資料顯現，這些人是被要求在特定時間一起集合，群聲高喊「天皇陛下萬歲！」集體走向死亡的。

對大江健三郎來說，這不叫自殺，而是「強制自殺」。他清楚記得十歲之前「天皇陛下萬歲！」這口號具備有多大的力量。高喊這個口號時，人必定失去了自由意志，被放入一個不自主的情境中，只能依照集體規定去做，所以這些人是被設計、被控制、被要求去死的，和一般認定的自殺完全不一樣。

他寫的文章不只引來反對、批評，後來右翼分子具狀控告大江健三郎的說法對這些人形成毀謗。前後花了五年時間，官司上訴到最高法院不被受理，才得到解決。

重點是一直到晚年，大江健三郎仍然記得自己曾經被洗腦的經驗，所以認定那些人自殺時失去了自我意志。他的記憶必然是：要從這種狀態下解脫出來有多麼困難，不可能由「明治昭和精神」自然過渡到「戰後民主主義精神」。他篤信民主主義的價值，然而到一九六〇年，當他寫那兩篇小說時，其實他也並沒有把握自己已經真的擺脫國家主義的魅惑了。所以後來他也藉著引起紛爭的理由，不將兩篇小說獨立成書。

大江健三郎讀夏目漱石

如果時代精神的移轉那麼容易，就不會有大江健三郎的文章與小說了。他的寫作主要在描述一個抱持「民主主義精神」的人，在戰後日本社會不得不經歷的種種折磨考驗。

大江健三郎年輕時也讀夏目漱石，讀到了《心》，他卻在這部小說中讀到一段內容，使得他轉而拒絕了夏目漱石，推翻夏目漱石作品的重要性。讀過《心》的人應該不難猜到惹惱大江健三郎的會是哪一段吧！

小說中的「老師」留下了遺書，他因為受到乃木希典大將與妻子一起為明治天皇殉死的行動衝擊，所以也和妻子一起自殺了。遺書表達最主要的情緒是：「我活過了我的時代，時代結束了，我繼續拖著活下去做什麼？」

大江健三郎讀到這段，再直接不過的反應是：「這值得嗎？」他讀到夏目漱石認為那樣的「明治時代精神」值得以身相殉，這種態度成為這部小說的結局重點，他無法同意、無法接受。

還是必須交代一下，對於夏目漱石的《心》，我有不同的讀法。比較詳細的解讀請參見《理想的藝術家生活：楊照談夏目漱石》。我認為那部小說最動人之處，在於誠懇地探討了人如何面對、如何處理內在的罪惡感。夏目漱石確實是日本現代小說的起點，這部小說中呈現的是傳統與現代衝突的議題——為了追求愛情，搶了別人的太太，卻又被「人情」拘鎖而有著排解不開的罪惡感。

所以「老師」夫妻的「殉國」在小說中是帶著反諷意味的。罪惡感高漲到他不知道該如何繼續活下去，甚至讓他無法承認自己是被罪惡感逼死的。罪惡感無法在時間中淡化，因為他如此真心，他的「心」無法消化這件事，無法隨著時間將罪惡感化為記憶。他還活著，只是找不到去死的理由與勇氣。

他應該是鬆了一口氣看到、找到乃木希典提供的理由，他可以擺脫罪惡感了，假裝自己是因為時代、因為無法適應大環境的改變而去死的。夏目漱石在嘲諷所謂「殉死」其實只是藉口，讓這些人從更真實、更深刻的痛苦中求取解脫。

大江健三郎將《心》中的「殉死」情節只從表面看待，從對這段情節的強烈反感顯現他很早就堅拒「明治精神」，絕對不相信「明治昭和精神」值得人為之獻身，甚至連帶堅拒夏目漱石的所有作品。

但即使如此，要進入「民主主義精神」沒那麼容易。《換取的孩子》讓長江古義人的回憶，一直徘徊溯源到一九四五年，就是明證。

戰爭的責任

回憶中，一九四五年發生了另一場鬧劇。這不是大江健三郎第一次描寫這個荒唐搶銀行的場景。早在一九七一年，他就發表了一篇從標題就很古怪、充滿挑釁意味的小說。小說標題來自一首巴哈清唱劇的歌詞，原本是「上帝親自為我擦拭流下的眼淚」，大江健三郎改成了「陛下親自為我拭去眼淚的那一天」。

「那一天」是哪一天？就是一九四五年八月剛宣布敗戰的那一天，一位膀胱癌癌末病人，被抬出來作為對抗美軍的領袖，帶著大家去搶奪日本空軍的飛機，準備要繼續戰鬥下去。然而最終在各種因素扭曲作用下，他們後來調轉方向，不去搶飛機了，而去搶銀行。

大江健三郎一再回到這個情節，部分源自他對於自身家族系譜的認知。在《萬延元年的足球隊》還有《燃燒的綠樹》三部曲中，他將四國家鄉寫成了一個邊緣的小宇宙，在那裡發生了許多光怪陸離的事。所有的事情都指向這裡的生命內化了一種根深柢固反對中央的戾氣，因為他們不知道在此之外自己可以有什麼其他信仰。

小說記錄了少數時刻，他們成為中央最大的敵人，不過隱藏在背景中的大部分時間，這樣的邊緣社會面對中央是帶著卑屈態度的。大江健三郎忘不掉一九四五年八月帶來的恥辱，其他地方的人應該都察覺日本快要戰敗，情勢已經無可挽回了吧，只有最邊緣的四國山中的人，還在相信「天皇陛下萬歲！」的口號。他們成了全日本最無知、最愚蠢也最落伍的人。

他從這樣的環境裡來的。這樣的來歷在他身體裡，他不可能真的對國家主義沒有感應，他不是天生的，有成長條件支撐的左派，所以必須反覆強調自己對國家主義的反抗，不然國家主義的魔音可能讓他失神，讓他失去自我。

例如說他寫過尷尬的作品《廣島札記》。前面介紹過，那是他在大江光剛出生時，帶著逃避動機接受的一項調查寫作計畫。《廣島札記》在寫核爆、表達反核戰立場上有一定的成就，然而如果將這部書的寫作背景放進來，那麼我們從書中讀到的訊息，性質必然不太一樣。

直話直說，他將生下腦部畸形長子的痛苦留給在東京的妻子，自己遠去廣島調查核爆，然後挖掘了核爆中展現的人性光明力量。這裡有醫生、醫院院長，目睹龐大的死亡悲劇，自己也是核爆的受難者，也明明知道自己的能力相對何其有限，救不了什麼人，卻堅持絕不放棄。還有同為核爆受難者的知識分子，始終關心如何保證未來人類歷史上再也不會出現這樣的毀滅場景，而不是要為自己爭取什麼待遇、什麼補償。

原爆受難者最孱弱的身體中，有一份意志要堅決活下去，不是為了自己，而是為了要告訴世人，即使是核武都不能取消所有人的生命，瓦解所有人的精神。

這裡面的光明語句，不正是「明治昭和精神」國家主義殘留在他身體裡，因為兒子出生帶來的巨大打擊，結果壓抑不住而浮現出來的嗎？

《廣島札記》描述了核爆中的一種集體的、清潔的勇氣。意思是具備有洗淨、昇華效果的強烈因素，讓日本從最陰暗的敗戰中得到清洗，核爆顯示了日本人還有這樣的力量在災難中爆發展現。

這是blessing in disguise，地獄之火帶來了日本重生的機會，甚至帶來了日本必然可以重生的保證。但日本在戰後還有從隱藏到後來壯大的右派勢力，其中一個原因不正是以核爆取得了受害者的身分，所以不必像德國那樣，戰敗後不能為自己做任何辯護？日本右派喜歡強調身為原爆受難者這件事上日本人獨一無二的歷史身分，那是「絕對的受難」，經受過絕對的惡的絕對毀滅，相較之下，日本人自己發動的戰爭就沒有那麼恐怖了。這是不折不扣規避戰爭責任，甚至否定戰爭責任的說詞。

說日本人以原爆取得清潔的新生，這聽起來很右派啊！

廣島與沖繩

大江健三郎不是不知道這中間的問題吧。一九七〇年，他出版了《沖繩札記》，故意在書名上和《廣島札記》連在一起，在主題上從終結戰爭的廣島原爆往前去到實質上引發美國決定投放原子彈的沖繩戰役。在廣島，他看到的是美國原子彈帶來的損害；在廣島，雖然也經歷慘烈的對美登陸部隊的作戰，但那裡的人二十年後記得的不是美國人帶來的傷害。

有沖繩人一聽他的來歷，就直截對大江健三郎說：「在我們這裡日本人是被拒絕的對象，我們必須拒絕日本人。」不是針對大江健三郎個人，而是他擺脫不了的日本人身分，沖繩人已經到為了保有自身尊嚴，必須和日本人保持相當距離的地步。

受到衝擊的大江健三郎很認真地改從沖繩人的角度來看日本人，而不是他習慣的日本人眼中的日本人。於是他在《沖繩札記》中反覆像念咒語般問著：「日本人是什麼？能不能把自己變成不是日本人的日本人？」

這不是rhetorical question，不是心中已經有了答案，以發問形式來表現答案，而是真正困擾著他的問題。最後他掙扎得到了一個弔詭答案：必須逆轉之前的關係，之前的關係中被認定是沖繩屬於日本，逆轉則是主張日本屬於沖繩。

日本如何屬於沖繩？沖繩自從被併入日本之後，一直到沖繩之役，都是為了日本而犧牲，付出了許多代價。而豈不是因為有沖繩付出的這些慘重代價，才有日本，才塑造了日本？在這個意義上，日本屬於沖繩。這是從沖繩角度重新定義「日本人是什麼？」日本人是由沖繩犧牲才出現、形成的。

所以包括他自己在內，必須由他自己開始，以這個答案去形塑「不是日本人的日本人」，也就是將沖繩的犧牲條件納入，對得起這樣的犧牲的一種日本人。

換句話說，很清楚很容易的推論：五年前寫《廣島札記》的作者，仍然是那種日本人的日本人。經歷了戰爭到戰敗到被占領的屈辱，他以為自己已經揚棄了「明治昭和精神」，然而那份精神其實陰魂不散，還在身體內、腦中某個深暗角落控制他。所以他到廣島還是去尋找值得令人驕傲的故事，當這樣的日本人。那是國家主義的基本方向，強調國民對國家感到的高貴光榮，因而樂於做為其中的一份子。屬於這種日本的日本人，眼中就沒有沖繩人和他們的犧牲，也就成為沖繩人一定要拒絕的日本人。

所以他有了矛盾、艱難的任務，不是變成「非日本人」，而是成為「不是日本人的日本人」。不是簡單地否定自己是日本人，而是有意識地從原來的那種日本人中辯證的脫化出其反面，並螺旋上升形成新型態，真誠帶著「沖繩因素」的新日本人

這是他真實的存在掙扎。他不是為寫小說而寫小說，在小說技法上他有很多開發、實驗，然而貫徹他的作品最動人的力量，是他一再繞回這個不能解決的問題，試圖以小說為工具，再去探測、再去考掘。

對於大江健三郎來說，做一個日本人真的是一種修練，因為他要做「不是日本人的日本

人」。對別人來說，做日本人可能像是游泳或騎腳踏車，掙扎努力過一次，得到了認同便一勞永逸；但要做「不是日本人的日本人」，卻比較像是彈鋼琴或拉小提琴，只要三天、一星期鬆懈忽略了，就開始退化，朝向原來的日本人狀態滑落。

重複相同的選題

因而得到諾貝爾文學獎終究不會妨礙大江健三郎繼續寫小說。寫小說的動機不是名聲、不是成就感，而是和自身內在日本人身分、時代精神轉化的搏鬥與修練。他得獎時剛寫完了《燃燒的綠樹》三部曲，經過得獎的一陣忙亂之後，受伊丹十三自殺刺激他重新提筆寫《換取的孩子》，然後一發不可收拾，一本小說擴充為加上《憂容童子》和《再見，我的書！》的三部曲，另外又寫了《優美的安娜貝爾·李　寒徹顫慄早逝去》和《水死》。

如果只讀從《燃燒的綠樹》以下的作品，我們會一方面佩服他的創作活力與小說敘事技法，但另一方面難免對他的小說選題感到困惑、甚至不耐煩——他不能寫點不一樣的題材嗎？他的小說繞著同樣的主題，因為那是他實質生存掙扎的反映。

大江健三郎最特別的，也最有價值的地方不在天分或技法，而是作品背後那顆誠實的靈魂，或說強迫自己誠實，始終不放過自己的靈魂。

所以在小說中，他會一而再、再而三地重述也重塑自己的身世。他要呈現這個人如何經歷了戰後日本的一切。當他說「曖昧的日本」時，最根柢的曖昧性表現為這個在戰爭中長大的人，甚至連自己如何長大、如何成為一個人，都無法整理講述為一個有頭有尾有中腰，因果連環相扣、合理的故事。

為什麼一再重述？因為每一次敘述提供了固定下來的說法，就必定不正確、不對勁。對照其他評論伊丹十三的人所採取的提供明確答案態度，大江健三郎或小說中的長江古義人挑戰這樣的方式，要提出完全不一樣的敘述，不是提供答案，而是打破答案，將被答案禁錮或取消了的曖昧釋放、重現出來。

他更大的野心是要挑戰、甚至推翻談論的模式和知識的邏輯，指出：如果你要談論、要知道的，是一個活過戰後的日本人的身世，那麼抱歉，不可能有一個明晰的圖像被刻畫出來，那真實的畫像中線條與輪廓都模糊了，所有的色塊都沒有固定的性質。

談論伊丹十三，也就是談論大江健三郎這一代的日本人，一定要談論「那件事」——戰爭剛結束驟然轉換為美軍占領，關鍵時刻所發生的事。

形式上這是依循謎題、探索、尋覓、揭示的敘述模式，裡面有一個偵探針對這項懸疑進行調查，提供了種種線索，慢慢帶我們趨近答案。但大江健三郎的小說只是表面採取了這個形式，最終真正揭示的，卻不是原本設定的懸疑解決。而是一份否定的體悟：喔，不是，整件事的重點不在這裡。

桑達克的繪本

《換取的孩子》最後一章中，長江古義人突然消失了。明明在此之前，我們一直跟著長江古義人整理塙吾良的錄音與電影，看似快要解開謎題了。但戛然而止，換上了古義人的妻子、吾良的妹妹千樫的觀點，又引用了莫里斯・桑達克（Maurice Bernard Sendak）繪本中的內容，回憶當哥哥連兩個晚上沒有回家，她非常擔心，腦中浮現了哥哥是不是就不回來的恐懼，然後哥哥以前所未見的狼狽模樣回來了，或著應該說出現了，因為擔驚受怕的千樫沒有把握回來的那個人真的是哥哥。

比較像是哥哥去了「那邊」然後就沒回來了。回來的這個人，是被掉包的，不是原來的哥哥。之後妹妹心中一直感覺到一股衝動，甚至是一份迫切的責任——應該要盡快將本來的哥哥找回來。迫切感拖長了變成夢想、變成執念。在這種心情中千樫看到了桑達克的繪本，立刻覺得分外親切。繪本喚起她的痛苦回憶，記起了自己幾十年沒有去做的一件事，沒有盡到的責任。

以非常簡約且象徵性的方式，小說中回顧了千樫的一生，同時等於又一次改寫了長江古義人或大江健三郎的身世，這次是從婚姻的角度改寫的。

從終章千樫的觀點，她之所以和長江古義人結婚，因為這個人和被掉包的哥哥一起狼狽地回來，要找回去了「那邊」的哥哥，最有可能提供線索的，就是這個人。當她要和長江古義人結婚時，塙吾良抱持反對立場，依照她現在的理解，那是因為古義人也曾去過「那邊」，吾良不願意讓家人和「那邊」有任何關係。

底層有著麻煩的潛文本：千樫到底該如何看待吾良？是原來的哥哥，還是被掉包了的？如果這是被掉包的哥哥，那麼他的反對會有另一項動機——為了避免妹妹透過長江古義人去將原來的哥哥找回來。

也因此千樫最後決定不顧吾良的反對，還是和古義人結婚了。

莫里斯・桑達克繪本的內容是一個女孩要去找被精靈搶走了的妹妹，然而她犯了錯誤，以背對的方式飛出窗外。這是重要的象徵，表示千樫用錯方式，所以失敗了，沒有將哥哥找回來。

這和繪本中對應的錯誤方式是什麼？豈不是選擇和長江古義人結婚？如此大江健三郎改從妻子的眼光，又重述了一次自己的身世：原來他的婚姻根本是妻子為了救回哥哥而做的錯誤決定！

回憶中，千樫理解了這件事，而也只有千樫可以從這個角度呈現長江古義人的人生。讀了繪本，千樫警悟了，啊，就是在這裡錯了，古義人不是可以引導她走上找回哥哥那條路的正確嚮導。

不過繪本還有另一個作用。繪本中有一幅畫，一棵樹橫在中間，找回了妹妹的女主角走過去，但她臉上卻仍然是憂慮。依照通俗的敘述情緒推進，此刻她的任務完成了，應該是充滿成就感與幸福的享受，然而她沒有。那樣的表情反映了真實世界裡的時間作用，此刻找回了被掉包的妹妹，絕對不可能一勞永逸，妹妹還會繼續成長，也就在每一個階段、甚至每一天，都可能出現新的精靈來誘惑她，再次將她調包奪走了。現實的成長考驗，人隨時都會變的情況下的關係考驗，不會有一勞永逸的happy ending。

將所有明確寫成曖昧

小說從千樫的觀點，讓十八歲的女孩出場，她是塙吾良人生最後的愛。一個會讓塙吾良或伊丹十三愛上的女人，不可能是像媒體上報導描述那樣粗鄙、廉價的女人。小說中讓吾良在錄音中說了一段話，再讓千樫聽見了那段話，才由她去找到這懷孕的女孩。

於是這段結尾的故事和大江健三郎描寫自己童年時差點病死的故事連在一起了。讀了長江古義人的文章，女孩決定將小孩生下來，像是將塙吾良重新生回來一樣。

小說以這種方式結束，有幾層意義。首先仍然是「拒絕答案」的態度，一直到最後，那讓吾良似乎從此失蹤，被掉包成另一個人的「那件事」仍然不清楚。我們不會得到一個像是偷藏在吾良家中隱藏式攝影機拍下來的畫面，斬金截鐵將媒體上那些胡說八道故事與理論都推翻了。

長江古義人將塙吾良的人生推回那關鍵曖昧時空，卻沒有因為他的特殊身分而提供權威的說法。

小說開始時，我們看到長江古義人的義憤：你們這些人到底都跟塙吾良有什麼樣的關係啊，為什麼你們能說得振振有詞，你們對他的認識可能比得過我嗎？然而小說結束前，千樫現身了，不就等於是以同樣的邏輯反打了古義人一個巴掌？和作為妹妹、與吾良一起長大，因而最清楚在哪一天吾良變了，而且還是為了要救哥哥回來的動機才嫁給古義人的妹妹相比，古義人這個妹夫又有什麼資格宣稱自己最了解吾良呢？

大江健三郎在東大讀法文系，受到法國戰後哲學與文學交錯影響最深之處，在於體認了對生命意義的追求是無止境的。那是永恆的探問過程，沒有可以抵達的終點。「存在先於本質」意味著對於生命意義的任何答案，也就是提出對生命本質的任何描述，都偏離了存在事實，也都是對於自我存在探索的逃避藉口。

存在的真實是沒有本質，都在持續變動中，必定有曖昧難以分類難以描述的成分。任何人想要用任何方式取消曖昧、凝固變化，都是對存在實像的扭曲褻瀆。大江健三郎要以小說表達這樣的曖昧存在信念，所以他將自己與長江古義人等同起來，一而再、再而三改寫生命故事，將所有明確的都寫成曖昧的，將所有的答案都重新推回成為問題。

如此對待生命的態度，在大江健三郎作品中具有特殊的感染力量。他不是法國人，所以證明了這種態度不是法國人發明的，也不屬於特定的法國文化、法國社會；更進一步他作為日本人，來自日本傳統與現在的「曖昧性」使得日本人更應該從這樣的角度重新認識生命、看待生命。

現代日本的曖昧性主要來自戰爭遺留的巨大難題。對川端康成來說，戰後就是「餘生」，而「餘生」的殘存價值很明確要以「美」來重建日本人從戰爭到戰敗中徹底失去了的自尊心。他要揭示「日本美」的價值，說服世人：那是無可取代的人類資產，所以日本值得繼續存在於地球上。

大江健三郎完全相反。他沒有要讓這個世界知道日本有多好、多有價值，而是讓大家看到日本有多曖昧，而且戰爭、戰爭罪行既是日本曖昧性造成的，又在戰後創造了更多的日本曖昧性。他要誠實面對「身為日本人的不幸」，一直誠實地掙扎要成為「不是日本人的日本人」。

不是日本人的日本人

《沖繩札記》是大江健三郎自我探索的重要里程碑。書中出現的關鍵句子是：「不是日本人的日本人」，其中有兩個「日本人」，從原本的「日本人」成為新的另一種「日本人」。

不過這樣的探索，明顯排除了另一項可能，那就是依照戰後《憲法》第二十二條，日本國民可以放棄國民身分。他徹底忽略這條規定，徹底排除自己可能成為「非日本人」，所以只能是選擇做什麼樣的「日本人」。

他對《憲法》的注意，都放在第九條上。大江健三郎是「九條會」的發起人之一，一直都是從第九條「永遠放棄戰爭」的角度來看待、批判日本的現狀。經歷了第二次《安保條約》重新議約時的騷動，他的立場變得極為清楚，那就是一定要反對日本被美國拖著，在美國意志的指導與扭曲中，再度走向軍事武力、戰爭的道路。

一九五〇年日本建立了「自衛隊」，從此之後「自衛隊」是否符合《憲法》第九條規定就成了持續的爭議。「自衛隊」算不算軍事武力，是不是違背了不以戰爭解決問題的規定？有了「自衛隊」的日本，還能算是一個永遠離開軍事武力的國家？

日本「自衛隊」的條例規定其開支不能超過每年國民生產毛額的百分之一，然而隨著日本經濟快速成長，這筆經費的規模也快速膨脹，日本實質的軍事開支在世界各國中排名愈來愈前面。於是「自衛隊」的名稱也聽起來愈來愈諷刺，因為明明這樣的軍事武力絕對帶有攻擊潛力，難道只要維持「自衛」的名稱就不會被運用在戰爭上？

「九條會」的主張是不要再以「自衛隊」名稱自欺欺人，應該徹底忠於第九條的精神，讓日本成為像瑞士一般的無武裝中立國。

但在美國主導的冷戰結構中，日本沒有自由可以成為中立國。日本被編入美國西太平洋防線中，所以一九五〇年有了「自衛隊」，那其實是冷戰對抗蘇聯、中國的一環。一路到《安保條約》，更是確定日本成為美國防衛體系的一部分，等於完全推翻了《憲法》第九條。

要如何在違憲的體制下繼續做一個日本人？這是個極艱難的問題，大江健三郎從來沒有用簡單的方式來看待。意思是他不只提出負面的質疑與反對，採取了「我不要當這樣的日本人」的態度，而是更進一步問：「那要當什麼樣的日本人？」過程中也前提式地排除了動用《憲法》第二十二條的權利，排除了「不做日本人」的選項，以此展開思考歷程。

他在作品中從不同角度呈現對這個問題的探測思考，因而使得所有作品具備了一個龐大結構中的緊密互文關係。他真的將勤勞耕耘產出的眾多作品寫成一部超級作品的不同篇章、段落。

天皇陛下萬歲

他不要成為的「那個日本人」，像是沖繩人眼中看到的日本人，或是被侵略的中國人眼中看到的日本人。同樣是現地考察戰爭帶來的痛苦記憶，《廣島札記》中記錄的主要是美國人，尤其是原子彈帶來的傷害；但《沖繩札記》中美國人、美國的登陸戰鬥卻淡出了，給沖繩人最大傷害的，是日本人，也就是「那個日本人」所造成的。

「那個日本人」清楚出現在沖繩人的悲劇痛苦中，一個不負責任的軍國主義分子，盲目地將破壞帶到各地。如此「那個日本人」具體顯影了。但問題不能停留在這裡，還要再問：「不是那個日本人的日本人」該長什麼樣子，該如何形成？

但這個問題卻不能有確切的答案。就像不能在《換取的孩子》中提出另一個對伊丹十三死因的明白解釋一樣。真正要反對的，就是那些人的無知、魯莽、粗暴態度，隨便提出對伊丹十三跳樓自以為是的說法，那麼大江健三郎必須、只能採取和他們完全不同的策略，探索、趨近、遲疑、猶豫，絕不離開曖昧而給出答案。

日本軍國主義的邪惡根柢，正在於將一切都當成可以下命令規定的教條。人沒有了行動的自由，又在習慣遵守命令中失去了思想與意志的自由。「那個日本人」習於答案，習於得到答案、不懷疑答案，從答案中得到行為指令；那麼要成為不是日本人的日本人，顯然必須逆反這種習慣，無論如何不能跳到明確答案那一邊去。

這是「曖昧」之可貴，甚至是「曖昧」之必要，不是日本人的日本人必須學習「曖昧」，重視問題、不確定、缺乏安全感甚於答案、確定性與安全感。小說是大江健三郎用來創造問題、不確定、缺乏安全感的最佳手段，讓他可以一再將呼之欲出的答案戲劇性地打破，一再重回沒有答案的游疑狀況。

他格外看重戰爭末期的沖繩集體自殺事件，示範了這種拒絕答案的寫作方式。對其他人來說，那就是「自殺」，然而大江健三郎要強調凸顯的，是他們喊著「天皇陛下萬歲！」而去死的。那就不是「自殺」這個答案所能涵蓋解釋的，應該退回成問題：他們這樣算是自殺嗎？

他以自己年幼時的經驗，也就是他的一部分身世，來對抗原有的答案。他記得到戰爭最後階段，四國鄉下的老師還逼問才只有十歲的小孩：「如果天皇陛下要你們去死，你們會怎麼做？」十歲的小孩大喊回答：「切腹！切腹！」

可怕的洗腦，同時也是「神風特攻隊」歷史奇觀的心理基礎。讓一群年輕人用自殺方式駕駛飛機去進行攻擊，將飛機轉化為可以準確朝敵人飛去的炸彈，期待靠一架撞上敵艦鍋爐的「神風機」毀滅一艘戰艦，如此換取勝利。

大江健三郎看清楚了這中間的關鍵：高喊「天皇陛下萬歲」口號，其實和天皇能活多久的期待只有間接連結，直接連結的是喊口號的人的生命。「天皇陛下萬歲」也就是你命在旦夕了，要以天皇的名義讓你英勇就死。

四國的森林

對於十歲左右所受到的這種強制教育，大江健三郎一直無法遺忘，更無法釋懷。那是一個「日本人」的重要象徵，「那個日本人」被訓練到只要喊出「天皇陛下萬歲」就可以自願去死。他記得當時自己不願意順隨老師的要求高喊：「切腹！切腹！」，不是反抗，而是害怕逃避，因此在心中對自己怕死留下了深切的傷口。多年後反省這件事時，他先將《憲法》二十二條排除，一部分也是因為他不願意再逃避，逃離開不當日本人不應該是選項。

選擇不當日本人，會讓他陷入當年八、九歲時心情。他不喊「切腹！切腹！」不是因為有什麼思考、有什麼反抗意志，單純只是懦弱逃避。現在他必須先緊抓這個原則，律定了他的作品是關於如何做日本人的探討，聚焦叩問：如果不做「那個日本人」，那該怎麼辦？

一九四四年在四國山中，九歲的大江健三郎不斷被逼問：「如果天皇叫你去死，你會如何做？」那不是真正的問題，而是以問題形式壓迫過來的強制力量。也在那個時候，他的父親去世了。他曾經講述過自己對父親留下的印象。

在中國訪問時，大江健三郎說他記得父親生前教他讀魯迅的小說〈孔乙己〉。小說中出現了「茴香豆」，父親特別告訴他中文裡「茴」有四種不同寫法。父親教過了，年幼的大江健三郎卻只記得三種，怎麼都想不出來第四種怎麼寫。

戰爭中父親去世了，家境寥落，母親沒有足夠的資源供他上學。幸好戰後教育大改制，有了新制中學，也就是中學成了義務教育。十二歲他要念中學前，母親給了他一份禮物，是一本《魯迅選集》，他特別看了裡面的小說〈故鄉〉，因而產生了強烈的難過感覺，他意識到有天一旦離開了這個家鄉，就再也不可能回來了，故鄉會改變，他只能回到已經改變了的那個不是故鄉的故鄉，因而如同魯迅小說中的敘述者一樣，覺得故鄉更陌生更疏離。

受到魯迅〈故鄉〉的啟發，他將故鄉的形象凝聚在四國的森林裡，一個不會改變，近乎永恆的，隨時可以安心回來的終極小宇宙。那不是現實的故鄉，而是抽象的，因而可以提供類似烏托邦般安全保障的故鄉。

大江健三郎將四國森林寫成了精神故鄉的原型，甚至影響了村上春樹。村上春樹寫《海邊的卡夫卡》，最後一部分的情節就發生在四國森林的玻璃屋裡。那當然不是現實的四國，而是進入了大江健三郎所構建的那座神話森林。

在《萬延元年的足球隊》書中，四國森林是長宗我部起義叛變的基地。在更早一點的長篇小說《拔去痛芽，掐死害種》中，一群教養院裡的不良少年從拘禁中逃走，渡過一條河，遇到山洪暴發將橋樑沖走了，於是他們和外界隔絕開來，自己在四國的森林裡建立了一個新的社群。

這是由世人眼中認定的少年犯們組織起來的社會，但在四國森林中他們的生活比正常人、好人組織起來的社會要更美好得多。然而等到大自然災難結束，他們重新回到村子裡，村民指控他們許多莫須有的罪名，迫害他們，只有小說的敘述者「我」得以逃了出來。

《同時代的遊戲》中，大江健三郎寫了一群四國的農夫因為反抗日本政府而被皇軍追殺，他們支撐了五十天，所以這場騷亂被稱為「五十日戰爭」。「五十日戰爭」終結時，參與其中的大人都被殲滅了，只有一人帶著一群小孩消失在森林中。

這是對於第二次中日戰爭的一個隱喻描述，最後那些不願屈服於皇軍武力的下一代，退入了四國森林，可能在那裡建立了他們的烏托邦。

深受魯迅影響

十二歲閱讀了魯迅的〈故鄉〉，開啟了大江健三郎建構神話故鄉的想像。之後他又從松山到了東京，正式開始寫作，寫一些像是詩又像是歌的作品。他最早的作品中有一篇〈殺狗之歌〉，取材自戰爭中的記憶。

他記得兒時有一次村子裡的狗被集中抓起來，在一片河灘上被屠殺。因為要取狗毛、狗皮當原料製作軍隊需要的皮衣、皮帽。大江健三郎眼睜睜看自家的狗等著被屠殺，完全無能為力。

他描寫了一個卑鄙的人，遇到大狗對他提防地狂吠，他就將手放進自己的褲襠中，沾了濃重的味道後拿出來，狗好奇地靠近來嗅聞他的手，旁邊的人就趁機攻擊將狗殺了。

> 為了殺掉足以咬死你的大狗，你首先要摸弄自己的睪丸，再讓你想殺死的狗嗅那手掌，在狗上當之際，趁機打殺發出含著大希望的恐怖的悲聲，狗A抑或你B死去，或者你們結婚C。

詩中這句「發出含著大希望的恐怖的悲聲」，是大江健三郎從魯迅文章中直接挪用過來的。雖然是短短的一首詩，但其中有些情感強烈牽繫著他，後來他先將詩擴張改成了劇本

《野獸們的叫聲》，又從劇本改寫出小說〈奇妙的工作〉。

所謂「奇妙的工作」指的是小說中，一個大學生參與屠殺醫學院做實驗所需的狗。以人的身分屠殺這些狗之後，小說中的主角突然意識到：「待宰、被屠宰的，是我們哪！」被關在那裡絕望無助等待、接受屠宰命運的狗，和他自己的生命，以及他那一代日本年輕人的遭遇，有了悲哀的連結。

依照大江健三郎自己的說法，發表了這篇小說，將小說帶回家給母親看，母親卻生氣地痛罵他：「你就不能夠像魯迅一樣寫一個像〈故鄉〉那樣好的作品嗎？你一定要寫一個這麼徹底絕望的作品，不能給一點點希望嗎？」

又是魯迅，而且將魯迅視為是能夠在小說中提供希望的典範。描述自己受魯迅影響，卻又不能像魯迅那樣寫作，大江健三郎凸顯了他小說作品中不斷持續對峙、拉鋸的兩股力量，有時作為被害者，有時又成為加害者。對那些被屠殺的狗是加害者的主角，面對各種驅策他來從事這種「奇妙的工作」的種種社會因素，他又是被害者。

更根本的，經歷戰爭活在戰後日本的每一個人，別無選擇都既是加害者也是受害者。加害者身分不容否定，就像那些狗被殺了的事實擺在眼前，有那麼多被日本軍事行動傷害的人們；但換另一個角度，這樣的日本人高喊「天皇陛下萬歲」時就覺得應該奉獻自己的生命，難道不是軍國主義下的受害者嗎？

在衝突的兩種身分之間，不可能找到任何明確的答案，只能有「曖昧」。

鮮明的親中傾向

大江健三郎擅長描寫絕望的情境。那不是一般的災難，被災難席捲時的無助，而是存在主義式地在一段過程中逐步逐層地被剝去了原本依賴讓自己可以活下去的意義。

那是他文學上的傾向，也是他小說技法上最純熟最能掌握的表現。不過，他卻又一直不斷掙扎著認知：不能光是有效地描述絕望，小說還是應該帶來希望。這是他再三提及魯迅的深切理由。

夏濟安評論魯迅的文集，取名叫《黑暗的閘門》；魯迅對於中國情狀最有名的比喻是

「在鐵屋中沉睡的人們」。魯迅從來都不是一個書寫、傳遞光明、樂觀訊息的作家。這項特性對大江健三郎來說最為關鍵，魯迅不是樂觀地寫出希望，而是奇妙地在黑暗絕望中掙扎著從字句中保留希望。這是大江健三郎對魯迅的理解，也是他以魯迅為楷模試圖要追仿的。

大江健三郎的小說帶有一份特殊的負面動能，不斷打破讀者對於作者的信任，也不斷打破讀者對小說中任何角色的投射認同。因為如此，當他要寫希望時，就很難帶來純粹正面的說服力。

他作品中的絕望都很有感染力，相對地他寫的希望都很勉強。這點上他最接近魯迅。魯迅最迷人之處就在於是一個徹底的悲觀主義者，然而卻又因為時局實在太黑暗，不得不逼迫自己保留一點點樂觀。〈狂人日記〉的結尾處給了希望：「救救孩子！」然而前面的行文描述了傳統的「吃人」文化如何瞞天罩地轉化每個人，要如何在這種情況下救出孩子呢？

《換取的孩子》結束在引用索因卡《死亡與國王的侍從》中的句子：「將心向未來未出生的孩子開放吧！」和〈狂人日記〉多麼相似啊！然而整部小說不就在寫塙吾良被壓垮的過程嗎？那麼如果「未出生的孩子」就是由那個十八歲的女孩將吾良生回來的話，要怎麼逃開同樣被壓垮的結果？

一九六〇年日本陷入第一次安保條約騷亂中，二十五歲的大江健三郎參加了一個訪問團，得到難得機會第一次去到中國。訪問團到北京時，當時的中國總理周恩來出面請他們在全聚德吃烤鴨。周恩來知道他是東大法文系畢業的，特別用法語跟他說：「我對你們國家發生在學生上的事情深感同情跟同感憤怒。」

周恩來的話感動了大江健三郎，但當下他還不知道周恩來的話特有所指。就在訪問團離開東京那天，有一位東大的女學生在街頭抗議示威衝突中，被警察打死了。周恩來對同為東大畢業生，而且還很接近學生年紀的大江健三郎刻意表達了同情與義憤。

也就在那天，大江健三郎回憶，他在機場對新婚不久來送行的妻子說：「為了不要讓八〇年代多一個對日本絕望的青年，我們不要生小孩吧！」依照他當時對日本局勢的評價，他認為六〇年代出生的孩子，到八〇年代成年時，將痛苦地活在一個令人絕望的社會，與其讓小孩那樣受折磨，不如現在就決定不要生下他吧！

可是等到他從中國飛回東京，面對來接機的妻子，他卻改口說：「我認為我們還是可以生小孩吧，這個世界仍然是有希望的。」希望從哪裡來的？從黑暗的魯迅仍然提供希望而來，從純粹作為受害者的中國人仍然能對加害者日本表現同情而來。

親近中國、疏遠台灣

前面說過，正因為和中國的親近關係，因為如此將中國視為提供他在絕望中尋找希望的力量根源，使得大江健三郎相對不太碰觸台灣議題；不過他也不是完全沒寫過和台灣的關係。

在他的身世故事中有一段是作為一個四國來的鄉下青年去東大考試的經驗。有一堂考試間，他不慎將答案卷掉到地上而且弄髒了，緊張兮兮地去向監考老師要一張新的答案卷，一時結結巴巴幾乎連話都講不清楚。

於是監考老師體貼地放慢說話速度，問他：「是從台灣來的嗎？」他應該否認，卻緊張到連「不是」都說不出來。老師將新的答案卷拿給他，也對他留下了印象，後來他在東大校園中遇到這位老師，老師都還特別關心他，並且每次跟他說話都刻意放慢速度。

如此被誤認為台灣人的經驗給予大江健三郎的刺激是：

因為我體驗到一個流亡者的感覺，我決定憑藉想像力破壞並改變現實中既有的東西，我將來的生活要面向這個方向。總之，我決定在今後的人生道路上，不予落戶於中心性場所具有權力的人聯手合作。想要如此生活下去的依藉、憑藉，在我來說便是文學。

一個邊緣的被殖民者必須面對的就是這種緊張與失落，具體地活在沒有權力的自覺狀態中。大江健三郎從被誤認為台灣人的經驗裡充分感受了這一點。因而使得他認定應該以文學將自己維持在這種邊緣的緊張與失落中，而不是依照中心、主流的身分安穩度日。

具備加害者與受害者雙重身分的，僅有的救贖可能在於認真看待自己的加害者立場，去凝視曾經被傷害、被毀損的，對面的人。他之所以從中國回到日本，改口對妻子說可以生下小孩，是因為從周恩來的同情中得到了原諒。他從此一直積極地和中國文壇互動，後來還憑藉他在國際間的影響力，對於莫言獲得諾貝爾文學獎發揮了很大的作用。

大江健三郎在日本長期被右派敵視，一部分原因也在於他不只親中，而且持續站在中國的立場，反省、批判日本的戰爭責任，讓右派最為受不了。對大江健三郎來說，透過協助中國作家，他得以和受害的中國和解，為自己作為加害者的過錯打開一條救贖之路。

中國是大江健三郎用來批判、鞭打日本社會最主要的工具，因而他對魯迅、對周恩來的看法說法，主要是針對日本人而發的。不過這樣做的過程中，如同吳叡人曾經在一篇文章——〈最高貴的痛苦：大江健三郎《廣島札記》和《沖繩札記》中的日本鄉愁〉中指出的，大江健三郎欠台灣人一個位置。意思是當他不斷要透過中國取得救贖時，持續忽略台灣被日本殖民，同樣被迫接受軍國主義的待遇，以及中國對台灣的種種不同迫害。

一位作家不需要也不可能照顧所有的面向，照顧所有人的情感，然而身為台灣人，我們很自然會對大江健三郎的這種忽略感到不舒服。雖然在一個身世版本中，他以被誤認為台灣人來顯示自己如何意識到「流亡者」，然而在他的其他小說或論述中，卻找不到對台灣人的邊緣性或「流亡者」待遇的真切理解。

從這點上看，大江健三郎雖然選擇退出中心、主流，但他的意識認同還是非常日本的。

我想沖繩人讀到《沖繩札記》應該也不會太舒服，畢竟沖繩經驗也是被他拿來當作創造「不是日本人的日本人」的鑑照工具，而不是真正關切沖繩與沖繩人。

他以台灣人的「流亡者」身分來建構自己的寫作哲學，但作品卻不曾有對台灣人的任何具體關切。這是位於台灣解讀大江健三郎無可避免會有的批判質疑。

無止境的曖昧與模糊

大江健三郎的所有作品彼此連繫，有一些根本的精神貫穿其間。閱讀大江健三郎因而不能夠只讀其中哪一部，例如讀《換取的孩子》，一定要接著往下讀《憂容童子》和《再見，我的書！》，這三本小說構成了「怪奇二人組三部曲」。而那「怪奇」指的不只是小說中的兩位主角，也反映了小說的寫法，那並不是彼此接續、互相補充的一般的「三部曲」，毋寧是後面的作品打破前面原本寫定了的，將原本的確定內容重新置入疑惑中，形成新的「曖昧」。

不只如此，讀《換取的孩子》不能不連帶讀桑達克。到了《憂容童子》，那就有另一個典故要我們認真看待。「憂容童子」的典故來自於《唐吉訶德》，小說中一度唐吉訶德有了「憂容騎士」的稱號，在《憂容童子》與《唐吉訶德》間有很複雜的互文關聯。

《唐吉訶德》分為兩部，最特別的是其中第二部所設定的情節，已經將書的第一部內容置放在其中。第二部中有一大段唐吉訶德和桑丘遇到了伯爵夫婦，被他們邀請到宅邸中接待，卻慘遭種種作弄，原因就在伯爵夫婦熟讀《唐吉訶德》第一部內容，對唐吉訶德和桑丘的個性習慣瞭若指掌，因而得以做了詳密布置，讓兩人出糗來得到歡笑娛樂。

唐吉訶德之所以展開小說中描述的冒險旅程，是因為他熟讀遊俠騎士小說，將自己幻想為小說中的遊俠騎士，混淆了小說與現實。然後他的荒唐冒險被記錄下來，變成另類的遊俠騎士小說，卻又提供了伯爵夫婦將想像假造為現實的遊戲機會。如此真實與想像有了多層的交錯干擾，同時也是現實與認知的大錯亂、大混淆。

小說中長江古義人（こぎと）的名字來自拉丁文的Cogito，那是意識認知的意思，也是笛卡爾的名言「我思故我在」的「思」。古義人確實是一位思考者，甚至是過度認真的思考者，因為過度認真而像唐吉訶德般再也弄不清什麼是現實、什麼是Cogito。他的思考、認知、想像進入現實生命，彼此緊密纏捲，到後來完全分不開了。

而即使寫完了《再見，我的書！》，這三部曲仍然沒有真正結束。之後大江健三郎又寫了《優美的安娜貝爾・李 寒徹顫慄早逝去》與《水死》，等於是再度發展、改寫前面寫「怪奇二人組三部曲」的那位作家的身世與想法。

他的整體敘述圍繞著自己的生命，不斷地從不同角度予以改寫，那是他最特殊的文學手法。不斷以作品來質疑、破壞原本讀者對於大江健三郎（長江古義人）的認識印象，將所有清澈的再攪成混濁，原本確定了的又改寫成曖昧的。

固執持續這麼做，牽涉到他自我認定的社會角色，他要做不斷否定「那個日本人」的另一種日本人，讓安於作「那個日本人」的人被他的文學作品騷擾而感到不安。但在如此努力的過程中，他又必須小心不讓自己提出另一種關於日本人的固定答案，將自己描述成新的日本人典範。所以他自覺地一方面不斷挑釁、批判抱持軍國主義殘餘意識的日本人，另一方面不斷打破自己的答案，不論在什麼年紀，不論得到了什麼樣的地位，堅持在日本社會當作一隻gadfly牛虻，一直叮一直叮，絕對不放過。

大江健三郎年表

一九三五年	出生	出生於日本四國愛媛縣喜多郡大瀨村的一個九口之家，家鄉的森林也經常成為他作品的舞台。
一九四一年	六歲	進入大瀨小學就讀，時值二次大戰爆發。
一九四四年	九歲	父親過世。
一九四七年	十二歲	進入大瀨中學就讀。
一九五〇年	十五歲	先進入愛媛縣立內子高校就讀，因霸凌問題，翌年轉學到愛媛縣立松山東高校。在高校時期閱讀了渡邊一夫的作品，開始接觸刊物編輯與撰寫評論，並且結識了摯友伊丹十三。
一九五四年	十九歲	進入東京大學教養學部文科二類就讀（今日的文科III類），開始創作發表腳本作品與短篇小說。

一九五六年	二十一歲	進入東京大學文學部法文系就讀，師從渡邊一夫。此時期閱讀了沙特、卡繆等法國文學名家作品。該年創作了學生話劇腳本《野獸們的叫聲》（小說〈奇妙的工作〉的原型）。
一九五七年	二十二歲	發表了短篇小說〈死者的傲氣〉，於文壇正式出道，入圍第三十八屆芥川獎。
一九五八年	二十三歲	發表了長篇小說《拔去痛芽，掐死害種》，同年以短篇小說〈飼育〉，獲得第三十九屆芥川獎。
一九五九年	二十四歲	東大畢業，同年發表了《我們的時代》。搬到成城（東京世田谷區），開始與音樂家武滿徹建立友誼。
一九六〇年	二十五歲	與摯友伊丹十三的妹妹由里佳結婚，同年，與石原慎太郎、江藤淳、淺利慶太等人參與「青年日本之會」，共同反對《美日安保條約》，並前往中國訪問，與毛澤東會面。
一九六一年	二十六歲	於《文學界》雜誌發表了〈十七歲〉和〈政治少年之死〉兩篇小說。因內容涉及褻瀆天皇，捲入「風流夢譚事件」。

一九六三年	二十八歲	患有腦部殘疾的長子出生，命名為大江光。
一九六四年	二十九歲	將大江光誕生的過程寫進了長篇小說《個人的體驗》，並以此作獲得第十一屆新潮社文學獎。
一九六五年	三十歲	出版隨筆評論集《廣島札記》，收錄先前實地探訪廣島核爆地的連載文章。
一九六七年	三十二歲	出版長篇小說《萬延元年的足球隊》，並以此作獲得第三屆谷崎潤一郎獎。
一九六八年	三十三歲	《個人的體驗》英文版出版，開始與海外作家有密切交流。
一九七〇年	三十五歲	出版隨筆評論集《沖繩札記》，但內容涉及爭議的沖繩集體自殺事件，陳述當時平民是在軍方強迫下自殺殉國，遭到當時守備隊長以損害名譽為由提起訴訟。直到二〇〇八年做出裁決，駁回原告賠償要求。
一九七三年	三十七歲	出版長篇小說《洪水湧上我的靈魂》，以此作獲得野間文藝獎。
一九七四年	三十八歲	《萬延元年的足球隊》英文版出版。

一九七九年	四十四歲	出版《同時代的遊戲》。
一九八二年	四十七歲	出版短篇集《聽雨樹的女人們》，翌年以此作獲得讀賣文學獎。
一九八三年	四十八歲	出版短篇集《新人啊，醒來吧》，並以此作獲得大佛次郎獎。
一九八五年	五十歲	出版短篇集《被河馬咬了》，並以此作獲得川端康成文學獎。
一九八六年	五十一歲	出版長篇小說《M/T與森林裡奇異的故事》。
一九八七年	五十二歲	出版長篇小說《致令人懷念年代的信》
一九八九年	五十四歲	出版長篇小說《人生的親戚》，是大江健三郎第一次以女性為主角的作品，並以此作獲得第一屆伊藤整文學獎。
一九九三年	五十八歲	出版《燃燒的綠樹》三部曲的第一部《救世主》
一九九四年	五十九歲	出版《燃燒的綠樹》三部曲的第二部《躊躇》，同年獲得諾貝爾文學獎，是日本史上第二位得到此項殊榮的作家。
一九九五年	六十歲	出版《燃燒的綠樹》三部曲的第三部《偉大的日子》。
一九九七年	六十二歲	摯友伊丹十三自殺身亡。

一九九九年	六十四歲	出版長篇小說《空翻》。
二〇〇〇年	六十五歲	以伊丹十三之死為創作靈感，將兩人的真實經驗化名為古義人與吾良二人，寫進虛構長篇小說《換取的孩子》以悼念亡友，並以此二人為主角後續衍生出「怪奇二人組三部曲」。
二〇〇一年	六十六歲	出版散文集《為什麼孩子要上學》。
二〇〇二年	六十七歲	出版「怪奇二人組三部曲」的第二作《憂容童子》。同年獲頒「法國榮譽軍團勳章」。
二〇〇四年	六十九歲	與井上廈等人成立「九條會」，全稱和平憲法第九條之會。
二〇〇五年	七十歲	出版「怪奇二人組三部曲」的第三作《再見，我的書！》。
二〇〇六年	七十一歲	由講談社主導，創立大江健三郎獎，二〇一四年終止。
二〇〇七年	七十二歲	出版長篇小說《優美的安娜貝爾·李　寒徹顫慄早逝去》。
二〇〇九年	七十四歲	首度訪台，出席「國際視野中的大江健三郎」研討會，同年出版長篇小說《水死》。

GREAT! 7210

曖昧才是真理：楊照談大江健三郎

日本文學名家十講8

作　　者	楊　照
封面設計	莊謹銘
協力編輯	陳亭妤
責任編輯	徐　凡
國際版權	吳玲緯
行　　銷	闕志勳　吳宇軒　陳欣岑
業　　務	李再星　陳紫晴　陳美燕　葉晉源
總 編 輯	巫維珍
編輯總監	劉麗真
發 行 人	凃玉雲
出　　版	麥田出版 地址：10483台北市中山區民生東路二段141號5樓 電話：(02)2500-7696 傳真：(02)2500-1967
發　　行	英屬蓋曼群島商家庭傳媒股份有限公司城邦分公司 地址：10483台北市中山區民生東路二段141號11樓 網址：www.cite.com.tw 客服專線：(02)2500-7718｜2500-7719 24小時傳真專線：(02)-2500-1990｜2500-1991 服務時間：週一至週五09:30-12:00｜13:30-17:00 劃撥帳號：19863813 戶名：書虫股份有限公司 讀者服務信箱：service@readingclub.com.tw
香港發行所	城邦（香港）出版集團有限公司 地址：香港灣仔駱克道193號東超商業中心1樓 電話：+852-2508-6231 傳真：+852-2578-9337
馬新發行所	城邦（馬新）出版集團【Cite(M) Sdn. Bhd.】 地址：41-3, Jalan Radin Anum, Bandar Baru Sri Petaling, 57000 Kuala Lumpur, Malaysia. 電話：+603-9056-3833 傳真：+603-9057-6622 讀者服務信箱：services@cite.my
麥田部落格	http://ryefield.pixnet.net
印　　刷	前進彩藝有限公司
初　　版	2022年11月
售　　價	350元
I S B N	978-626-310-304-7
電 子 書	978-626-310-309-2 (epub)

國家圖書館出版品預行編目(CIP)資料

曖昧才是真理：楊照談大江健三郎（日本文學名家十講8）／楊照著 -- 初版. -- 臺北市：麥田出版：家庭傳媒城邦分公司發行, 2022.11
　面；　公分. --（Great! ; RC7210）
ISBN 978-626-310-304-7（平裝）

1.CST: 大江健三郎　2.CST: 傳記　3.CST: 日本文學
4.CST: 文學評論

861.57　　111013027